TROIS MOIS

DE MA VIE,

OU

L'HISTOIRE DE MA FAMILLE.

TOME II.

4685

2 9580

Comtes (les) de Hombourg, drame en 3 act.   1 l.

Cadet Roussel beau-père, imitation des deux Gendres, en 1 act. par Dumersan.   1 l. 5 s.

Cadet Roussel Hector, imitation d'Hector, tragéd. en 1 act. de Merle.   1 l. 5 s.

Deux Lions (les), vaud. en 1 act. par Barré, Picard, Radet, Desfontaines.   1 l. 5 s.

Deux pour un, vaud. en 1 acte, par J. Pain, et H. Dupin.   1 l. 5 s.

Don Quichotte, pantomime comique en 3 act. avec un prologue en vaud. de Brazier.   1 l.

Expédiens (les), vaud. en 1 act. de Dumolard et C...   1 l. 5 s.

Fils (le) par hasard, coméd. en 1 acte et en prose, de Chazet et Ourry.   1 l. 16 s.

Frédéric, duc de Nevers, drame en 3 actes, de Varez.   1 l.

Frédéric de Minski, en 3 act. de Hubert.   1 l.

Fille Adoptive, en 4 act. de Caignez.   1 l.

Fêtes (les) Françaises, vaud. de Rougemont et Gentil.   1 l.

Famille (la) Savoyarde, pantomime en 3 actes, de Cuvelier.   1 l.

Faux (le) Ami, comédie en un acte, en vers, de Cuvélier.   1 l.

Grivois la Malice, vaudeville en un act. de Sewrin.   1 l. 5 s.

Grégoire, (M.), ou Courte et Bonne, vaud. en un acte, de Chazet, Merle et Desessart.   1 l. 5 s.

Grotius, drame en 3 act.   1 l.

Homme (l') de la Forêt Noire, drame en 3 actes.   1 l.

Henriette et Adhémar, ou la bataille de Fontenoy, en 3 act. de Caignez.   1 l.

Hyglanders (les), ou les Montagnards Ecossais, drame en 3 act. de Bernos.   1 l.

Hilberge l'Amazone, pantomime en 3 act. de Cuvélier.   1 l.

Hariadan Barberousse, drame en 3 act. de St.-Victor et Corsse.   1 l.

Homme (l') du Destin, en 3 act. à grand spectacle, de M. Augustin Hapdé.   1 l.

Il arrive, ou Dumolet dans sa famille, vaud. en 1 act. de Désaugiers.   1 l. 5 s.

TROIS MOIS
DE MA VIE,

O U

L'HISTOIRE DE MA FAMILLE.

Par M. DUMANIANT.

TOME SECOND.

A PARIS,

Chez BARBA, Libraire, Palais-Royal,
derrière le Théâtre Français, n°. 51.

1811.

TROIS MOIS
DE MA VIE,

OU

L'HISTOIRE DE MA FAMILLE.

Suite du chapitre précédent.

Mon très-cher oncle tenait à son rang et à sa fortune. Cent mille autres à sa place auraient pensé comme lui : je ne pouvais l'en blâmer. Je m'étais mis, par un nouveau mensonge, dans l'impossibilité de me faire connaître ; il ne m'aurait pas cru si je lui eusse dit la vérité. Il eût peut-être été dangereux de la dire. Tous les titres qui justifiaient que j'étais cet enfant nommé Philippe, qu'une inconnue, nommée Maria, avait déposé à Ussel, étaient

II.   1

entre les mains du Prieur. Quelle valeur ces titres auraient-ils eue aux
yeux de la loi, si le marquis les eût at-
taqués? Après m'être annoncé sous un
autre nom que le mien, on m'eût peint
comme un imposteur adroit. Il n'é-
tait pas temps encore de parler. Je fis
toutes ces réflexions dans un instant ;
aussi n'eus-je pas la moindre tentation
de tirer mon oncle de l'erreur où il
était à mon égard. Un mot indiscret
m'en eût fait un ennemi. J'étais intérieurement charmé de lui appartenir ;
je me sentais de l'attachement pour
lui ; il était le seul de mes parens que
je connusse encore ; le sang me parlait
en sa faveur, il me semblait que la nature agissait à son insu sur son âme.
Son regard était affectueux : il me ser-
rait la main avec bonté. Je fus prêt un
moment d'y coller mes lèvres, je me
retins. La conversation roula sur des
sujets indifférens. Je cherchais tou-

jours l'occasion de lui dire des choses agréables, ainsi qu'à ma jolie tante : c'était une des plus aimables personnes que j'eusse encore vues. Sa physionomie était riante, son petit nez retroussé, ses lèvres vermeilles, ses joues rondes et fraîches, où chaque sourire dessinait une fossette ; ses formes provocantes ; tout en elle était séduisant. Son regard expressif disait : Aime-moi ; mon cœur eût répondu je vous aime, si Henriette ne l'eût pas rempli tout entier. Je ne lui rendis pas moins toute la justice qui lui était due ; je la trouvai charmante, et je m'applaudis d'être amoureux d'une autre.

Un domestique vint nous demander si nous dînerions dans notre chambre, ou à table d'hôte. « A table d'hôte, » répliqua le marquis ; il s'y rencontre quelquefois des originaux fort » plaisans, on s'en amuse. — Il s'y » trouve aussi des personnages fort

» grossiers , répliqua la jeune dame.
» — On leur donne une leçon de po-
» litesse. Partout où je suis avec des
» femmes , on ne manque jamais aux
» égards qu'on leur doit. »

Nous nous trouvâmes quinze à table : nous étions un peu gênés. Un
seizième survient , chacun se range
avec complaisance pour lui faire
place. Le survenant était un grand
flandrin , aux épaules rondes , à la
tête petite , au teint blafard , ayant
de petits yeux un peu louches , de
grands pieds , les jambes minces , les
genoux cagneux , et joignant à tous
ces avantages un air avantageux et
le ton le plus impudent. Il s'assied
sans cérémonie , sans daigner s'apercevoir de la politesse qu'on lui avait
faite. « Hé ! garçon , cria-t-il d'une
» voix haute , un couvert. Est-ce que
» vous ne vous apercevez point que
» je suis là ? — Monsieur, lui repart

» le garçon, je vous ai dit que la tà-
» ble était complète ; elle n'est que
» de quinze personnes ; vous auriez
» pu vous placer à la seconde. — Je
» veux être à celle-ci. — Puisque la
» compagnie y consent, je n'ai rien
» à dire. — Monsieur le garçon, dit
» le marquis, débarrassez monsieur
» de son chapeau, il est le seul qui
» l'ait sur la tête ; il ne s'aperçoit
» point qu'il est avec des dames. »

Le grand flandrin hésitait ; le garçon
saisit lestement le chapeau du monsieur par une corne mise en arrière ;
l'autre était sur le front, en tapageur. Mon homme se retourne d'un
air imposant ; le garçon lui rit au
nez : nous croyons tous qu'il va arriver une scène. « Faquin, dit le nou-
» veau venu, si je n'étais pas plus
» pressé de dîner que de me mettre
» en colère, tu verrais de quel bois
» je me chauffe. » Il reprend son

aplomb avec gravité : tout le monde éclate de rire.

Le marquis s'empare du potage ; il en sert à tous les convives avec l'aisance et l'urbanité d'un homme habitué à faire les honneurs de sa maison. Il donne le ton : il est monté à l'instant sur celui de la décence et de la galanterie. Une dame désire avoir des olives ; elles étaient devant le sot pour lequel on avait eu des égards bien mal placés : « Je les aime » beaucoup, dit-il ; si toutes ces da- » mes en veulent, je n'en aurai pas : » on ne m'attrape pas deux jours de » suite. »

Il s'empare du plat, et en met les trois quarts sur son assiette. Mon oncle se lève avec la rapidité de l'é- clair ; le malotru était à deux places au-dessous de lui ; de la main gau- che il saisit le bas de la chaise sur laquelle était assis l'incivil personnage; de la droite, le dossier; il fait perdre terre à son homme : une fenêtre était ouverte derrière lui, il se retourne et y lance la chaise et l'individu. Par bonheur on dînait à un rez-de-chaussée, auquel on arrivait par quatre marches; la fenêtre n'était qu'à sept ou huit pieds d'élévation au-dessus du sol de la place, qui n'était point pavée. Après cette prompte expédition, le marquis va se rasseoir tranquillement. « Ce » drôle-là, dit-il, n'est pas fait pour » se trouver en bonne compagnie, il » était de trop ici; mesdames, remet- » tez-vous, je vous en prie, comme » vous étiez avant son arrivée. »

Les dames surent bon gré à leur vengeur de ce qu'il avait fait. Les hommes admirèrent sa force et son agilité. Personne ne songea à plaindre le butor si bien châtié; il avait généralement déplu : on jugea unanimement

qu'il n'avait que ce qu'il avait mérité.

Un instant après, on l'entendit se
quereller dans la cuisine. Il voulait
s'en aller sans payer son écot. Il avait
raison en partie, il n'avait pris qu'un
potage et bu un verre de vin ; il mar-
chandait, on se moquait de lui, on
le bafouait. On le menaça de garder
son chapeau s'il ne s'exécutait pas de
bonne grâce : pour le ravoir, il fut
obligé de souscrire à ce qu'on exigeait
de lui. Il eut encore la douleur de sortir de l'auberge au milieu des huées,
des rires, des brocards que faisaient
pleuvoir sur lui le cuisinier, les mar-
mitons, les servantes, les postillons
et les valets d'écurie. Ce petit épisode
rendit la fin du repas fort amusante,
et devint au bout d'une heure le sujet
des conversations de toute la ville.

Je passai le reste de la journée avec
le marquis et Elisa, car c'est ainsi

qu'il nommait toujours sa compagne quand nous étions en petit comité ; à son tour, elle ne le désignait que par le nom d'Edouard. Ils étaient fort aimables et fort gais l'un et l'autre. S'ils me plurent beaucoup, j'eus aussi le bonheur de ne pas leur déplaire.

Nous allâmes, une heure avant la nuit, jouir de la fraîcheur d'une belle soirée, à une promenade que l'on nous avait indiquée pour être le rendez-vous du beau monde. On ne nous avait pas trompés. Mon oncle m'assura qu'il n'avait rencontré nulle part plus d'élégance dans la mise, un ton meilleur, des tournures plus séduisantes, des teints plus éclatans, et surtout de plus beaux yeux en si grand nombre. Des barbouilleurs de papier qui n'ont vu, disait-il, que ce qui se passe dans les allées du Palais-Royal, ou des Tuileries, croyent

1 *

que toutes les caricatures qu'ils y ren-
contrent viennent de la province ;
c'est d'après ces idées fausses qu'ils
font des portraits sans vérité, ou
qu'ils s'avisent quelquefois d'esquis-
ser le tableau des mœurs de la haute
société, sans avoir même eu, comme
Poisinet, le bonheur d'écouter aux
portes.

Nous nous aperçûmes que l'on
nous regardait beaucoup. Elisa était
si fraîche ! sa parure, d'un goût exquis dans sa simplicité, avait tant de
grâce, que je n'étais pas surpris que
les regards se portassent sur elle. Le
marquis cependant était l'objet de
l'attention générale. Nous vîmes que
l'on savait ce qui s'était passé à l'auberge de la poste. Un de nos convives,
que nous aperçûmes au milieu d'un
groupe, nous ôta toute espèce de
doute à cet égard. Nous n'étions point
à portée de l'entendre, mais nous

comprîmes à ses gestes expressifs, à
sa pantomime, qu'il faisait le récit de
cette aventure. Pour nous confirmer
dans nos soupçons, le grand flandrin
vient à passer, chacun le désigne du
doigt, un rire général le poursuit et
le déconcerte. Il double le pas, il se
trouve nez à nez avec mon oncle ; il
se trouble, il perd la tête et s'enfuit
à toutes jambes. L'orateur du groupe
nous aborde ; d'autres personnes se
joignent à lui ; on nous entoure, on
nous accueille ; tout en causant, on
nous reconduit jusqu'à notre auberge:
elle était sur le boulevard, ainsi que
la promenade ; mais elle en était assez éloignée pour que nous fussions
reconnaissans de la politesse que l'on
nous faisait. On se quitte en se promettant de se revoir. Nous fîmes, dans
cette première journée, assez de connaissances dans la ville pour ne pas
avoir à craindre d'y vivre dans l'isole-

ment , si notre intention était d'y pro-
longer notre séjour et de nous amuser.

~~~~~~~~~~~~~~~~~~~~~~~~~~~~

CHAPITRE VIII.

Nouvelles d'Henriette. — Caractère
de mon oncle.

Rentré le soir dans ma chambre, je
me félicitai de la rencontre singulière
que le hasard m'avait procurée. Je
n'étais plus ce pauvre Philippe, cet
orphelin inconnu qui, quatre jours
auparavant, végétait obscur dans l'é-
tude d'un procureur, sans le moindre
espoir d'être réclamé par qui que ce
fût sur la terre; j'étais maintenant
Philippe, marquis de Bellegrade. Il
m'était impossible d'en douter. Je me
sentais des sentimens analogues à ma
haute naissance, mais je n'osais pas
encore m'en prévaloir. La prudence
me défendait tout éclat indiscret. Je
me promettais d'étudier le caractère

de mon oncle , et d'obtenir , avec le
temps, lorsque je serais bien sûr de
son amitié, non le partage d e sa fortune, ni le titre auquel il était attaché, mais son aveu pour porter le
même nom que lui. « Peut-être, disais-
» je, retrouverai-je aussi ma mère.
» Elle est l'unique héritière d'un bien
» considérable. Je n'aurai pas besoin
» de réclamer celui de mon père,
» d'en dépouiller mon oncle. Il ap-
» préciera la noblesse de mes procé-
» dés; il ne rougira point de m'avouer
» pour son neveu. Si j'ai des ennemis
» ardens à me persécuter, s'ils cher-
» chent à me contraindre à vivre er-
» rant et fugitif, inconnu à moi-même
» et aux autres, c'est qu'ils redoutent
» que je ne leur arrache ce qu'ils veu-
» lent envahir. Je connais le nom de
» l'auteur des jours de celle à qui je
» dois la vie. Je parcourrai la France,
» l'Angleterre, l'Espagne, l'Europe

» entière, s'il le faut, pour trouver
» l'original du portrait que j'ai vu. O
» ma bonne mère, combien je t'aime-
» rai! avec quelles délices je te pres-
» serai sur mon sein, je t'inonderai
» de mes douces larmes! Ma tendresse
» te dédommagera, s'il se peut, de
» tes pertes. Tu ne reverras plus ton
» époux malheureux, il se sacrifia
» pour te conserver ton fils; le ciel a
» rempli ses derniers vœux. Ma bonne
» mère, jeune encore, tu dois briller
» de tous tes charmes. Si je dédaignai
» toujours le frivole avantage de la
» beauté, maintenant il m'est cher;
» mes traits sont les tiens; je dois à
» notre ressemblance si parfaite l'es-
» pérance de mon bonheur futur. »

Ces idées m'occupaient encore le
lendemain matin, à mon réveil, lorsque le facteur monta à ma chambre
et me remit un gros paquet sous enveloppe. La suscription portait : *A*

monsieur Joseph Dubois lui-même.
Je tressaillis de joie en voyant que le
paquet était timbré d'Ussel. J'avais
donné un écu de six livres au facteur;
il avait de la monnaie à me rendre;
il aurait, par sa lenteur, retardé
l'impatience où j'étais de pouvoir dé-
vorer, d'un coup d'œil, tout ce qu'on
m'écrivait: « Je n'ai pas besoin de ce
» reste, lui dis-je; j'ai besoin de lire,
» laissez-moi, gardez tout. » Il n'eut
pas l'impolitesse de m'importuner plus
long-temps par sa présence et par son
bavardage.

L'enveloppe était en pièces, quatre lettres étaient sur ma table: je
reconnus l'écriture du Prieur; c'é-
tait l'homme dont j'étais le plus aimé: je n'ouvris point sa lettre la première. Amitié sainte, lien des belles
âmes, sentiment durable, tu ne meurs
point dans nos cœurs; et pourtant cet
amour souvent passager, quelquefois

inconstant, presque toujours tyranni-
que, l'emporte sur toi. L'écriture des
trois autres lettres m'était inconnue. Sur l'adresse de l'une des trois
on avait commencé d'écrire le nom de
Philippe. Ce commencement était ef-
facé. « Voilà, m'écriai-je, la lettre
» de mon Henriette! Le nom de ce
» qu'on aime ne sort point de la mé-
» moire, et la main le trace involon-
» tairement. Henriette n'a point ou-
» blié Philippe, elle me l'avait pro-
» mis en se séparant de moi; elle m'a
» tenu parole. »

Je me hâtai de briser le cachet;
mon pressentiment ne m'avait point
trompé. Je vis, pour la première fois,
la signature d'Henriette. Je la baisai
avec délices; j'admirai l'élégance de
son écriture, la naïveté enchanteresse
de son style. Le mot d'amour n'était
pas une seule fois tracé, celui d'amitié
le remplaçait. Elle m'avait chéri un

instant comme un frère , elle ne voulait jamais oublier cet instant. Il était
facile de voir, à ses réticences ingé-
nieuses , que si elle ne m'avait pas
écrit sous la dictée de madame Duloir,
elle lui avait au moins communiqué ce
qu'elle m'écrivait. Elle avait eu besoin de son aveu pour oser se le permettre. La lettre de cette charmante
protectrice portait l'empreinte de son
aimable caractère. Elle me rassurait sur tout ce qui pouvait m'alar-
mer ; et se livrant aux rêves de son
imagination brillante, elle ne me pré-
sageait que des événemens heureux.

Le Prieur attendait avec impatience
le résultat de mon entrevue avec cet
être imaginaire que je devais revoir à
Clermont. Il me donnait des conseils
sur la manière dont je devais me conduire avec lui. Chaque ligne de sa
lettre me perçait le cœur. Que j'ex-
piais bien, par mon remords, la faute

que j'avais commise ! combien je me
sentais peu digne de l'intérêt que prenait à moi cet homme respectable !
Qu'ils sont coupables ceux qui abu-
sent de la crédulité d'une âme honnête, incapable de soupçonner le mensonge ! Pouvais-je me résoudre à le
tromper encore ? je sentais que cela
me serait trop pénible. Par bonheur,
j'avais à l'informer d'une découverte
réelle. Elle était trop importante pour
moi, pour ne pas l'intéresser. Je me
promis bien, dans ma réponse, de dé-
tourner son attention d'un objet dont
je ne voulais plus lui parler, dont j'aurais désiré qu'il perdît le souvenir. C'é-
tait bien assez que ma bouche eût
menti, sans constater ma perfidie par
un écrit imposteur, et signé de ma
main.

J'avais gardé la lettre de Marianne
pour la dernière ; elle était la plus
longue de toutes. Elle avait prié qu'on

lui laissât le plaisir de me donner les
détails de tout ce qui s'était passé depuis notre séparation. Elle était au
comble de la joie, son style s'en res-
sentait. Elle avait été accueillie avec
distinction par madame Duloir. Elle
avait été reçue dans sa maison, non
en qualité de femme de chambre,
mais comme dame de compagnie. Elle
avait raconté tout ce qui m'était arrivé pendant mon petit séjour au
bourg Lastic. Elle n'en avait omis aucune circonstance ; elle n'avait pas
oublié de parler du petit marchand,
pour trouver l'occasion de faire valoir mes cadeaux sans importance :
l'à-propos leur donnait de la valeur ;
ils avaient été reçus avec plaisir : tant
il est vrai que la façon de donner
vaut mieux que ce qu'on donne. Chacun avait été enchanté de son lot. Le
bon Prieur avait dit, en recevant le
sien : « Ce cher Philippe, je le remer-

» cie de sa prévoyante attention ; il
» manquait un verre à mes lunettes ;
» on n'a pas trop de ses deux yeux
» pour lire la lettre d'un ami. » On
m'annonçait, en retour, un superbe
présent ; un porte-feuille brodé de la
main d'Henriette. « Il sera bien grand,
» écrivait Marianne ; mais, pour peu
» que notre séparation dure, nous
» vous écrirons tant, et de si longues
» lettres, qu'il en sera bientôt rempli.
» Philippe Desgranges doit faire, dans
» quelque temps, le voyage de Cler-
» mont ; il sera notre ambassadeur ;
» vous le recevrez bien, nous n'en
» doutons pas. Vous lui devez de la
» reconnaissance, pour vous avoir
» cédé le plaisir de voyager avec un
» joli petit homme que le ciel a méta-
» morphosé tout exprès en fille char-
» mante, afin de changer une ami-
» tié passagère en un amour sans
» fin. »

Le beau Dumontel était venu réclamer Henriette. La rieuse madame Duloir l'avait persiflé et l'avait congédié
avec une grâce toute particulière. Il
avait entendu raison en enrageant. Ce
qui était moins gai, c'était l'arrivée
prochaine du père d'Henriette ; il devait emmener sa fille, il ne disait pas
en quel lieu. « Il l'emmenera où il
» voudra, ajoutait Marianne, je serai
» du voyage. Ce père-là me tour-
» mente ; il se sert de grands mots, il
» fait des phrases, il est moraliseur
» et sentencieux. Madame Duloir le
» soupçonne d'être un peu tartufe.
» Nous nous apprêtons à composer
» nos visages à son arrivée. Il voyage
» en poste ; c'est un richard, il se
» vante modestement de sa fortune.
» Il passera par Clermont; s'il s'y ar-
» rête, nous irons l'y joindre. Je n'ai
» pas besoin de vous conseiller d'y res-
» ter jusqu'à cette époque. On vou-

» drait vous en faire partir mainte-
» nant, que vous auriez une maladie de
» commande pour y rester. Nous n'a-
» vons pas encore *l'ultimatum* du cher
» père. Nous le craignons ; peut être
» avons nous tort. On écrit d'une fa-
» çon, on parle et l'on agit souvent
» d'une autre. Il est possible que ce soit
» le meilleur homme du monde. Ne
» prononçons pas en dernier ressort
» sur son compte, avant de l'avoir vu.
» Adieu, n'oubliez pas Marianne. »

» Non, non ! m'écriai-je, ne crai-
» gnez pas que j'oublie la compagne
» chérie de mon Henriette. Fille ai-
» mable, si tu es la confidente de ses
» pensées les plus secrètes, c'est aussi
» dans ton sein que je déposerai mes
» peines, mes plaisirs, mon espoir et
» mes craintes. »

Je regardai à ma montre ; il était
l'heure où le marquis m'avait dit la
veille, en nous séparant, que je pour-

rais me présenter chez lui. Indépen-
damment des liens du sang, je me serais senti du penchant à l'aimer. Un
double motif m'engageait donc à chercher les moyens de lui plaire. Une
bienveillance qui lui était naturelle,
avait paru lui parler en ma faveur.
Rien ne me garantissait la durée de ses
sentimens. Je me promis de mériter,
par mes prévenances, qu'il s'attachât
à moi comme ami, si je ne pouvais pas
encore compter sur son affection en
qualité de parent. Je ne différai pas
d'une minute de profiter de la permission qu'il m'avait accordée de venir le voir sans façon, quand cela me
ferait plaisir.

« Vous arrivez à propos, me dit-il
» avec gaîté, nous parlions de vous.
» Je disais à madame qu'il existe en
» amitié, comme en amour, des sym-
» pathies dont il est impossible de se
» rendre compte. Un inconnu se pré-
» sente

» sente à vos regards, vous vous sen-
» tez doucement entraîné vers lui.
» Vous fait-il la moindre avance, vous
» vous hâtez d'y répondre. L'intimité
» s'établit, on se quitte à regret, on
» se retrouve avec plaisir. Chagrins,
» bonheur, espoir, souffrance, tout
» devient commun. Vous n'êtes point
» de mon âge ; hé bien ! je vous suis
» déjà attaché comme si vous eussiez
» été le compagnon de mon enfance.
» — Et moi, monsieur, lui répondis-
» je, je vous regarde comme un pro-
» tecteur que le ciel m'a donné. J'en-
» tre à peine dans le monde, je suis
» sans expérience, je porte un cœur
» aimant, il cède aux impressions
» qu'il éprouve: ce que vous venez de
» me dire me comble de joie. Je n'ai
» pas, comme vous, l'art de donner
» un tour heureux à mes pensées ;
» mais je sens vivement: je ne suis
» point ingrat, vous me marquez de

II.   2

» la bienveillance, j'en suis pénétré ;
» ma reconnaissance est extrême, je
» voudrais la peindre, l'expression
» me manque, mes paroles ne disent
» pas ce que je voudrais dire. »

Je pris sa main, je la portai sur mon
cœur. Il y avait sans doute dans mon
accent et dans mes regards quelque
chose de touchant, car il en parut attendri. Il garda un instant le silence ;
puis, comme s'il eût rougi d'un mouvement involontaire de sensibilité, il
me dit avec un ton de légèreté qu'il
avait toûjours : « Jeune homme, je
» vois que nous renouvellerons ce que
» la fable raconte d'Oreste et de Py-
» lade. Si j'ai à peu près autant de
» défauts que le héros grec, ils sont
» au moins d'un genre plus gai. La fa-
» talité le poursuivait, des passions
» vives m'emportent quelquefois loin
» du but auquel le sage doit viser.
» Je ne me pique pas de l'être. Lors-

» que ma tête bouillonnera , vous la
» calmerez. L'amitié a sur moi le plus
» grand empire ; l'homme dont j'ai
» une fois serré la main , peut comp-
» ter sur moi , à la vie et à la mort. Je
» lui accorde ma confiance , elle est
» sans réserve ; s'il me trompe , il me
» rend malheureux , je ne m'en venge
» pas. Nous nous convenons à mer-
» veille , par l'opposition de caractère
» que je crois remarquer entre nous.
» La nature brille par les contrastes ;
» elle leur doit ce charme dont
» nous sommes séduits. C'est par la
» diversité des goûts et des humeurs ,
» que l'harmonie règne dans la so-
» ciété. Un peuple de philosophes ,
» exempt de préjugés , d'erreurs , de
» passions , serait le peuple le plus
» triste de la terre. J'aime le monde
» tel qu'il est. Tout en rendant jus-
» tice aux belles qualités des uns , la
» folie , les travers , la bizarrerie des

» autres me réjouit et m'amuse. Je ne
» loue ni ne critique rien. Je com-
» pare, je juge et je fais mon profit
» de tout. Inconstant pour certains
» objets, fidèle à mes habitudes; si
» mes goûts sont passagers, si mes
» sensations sont fugitives, mon cœur
» n'en reste pas moins irrévocable-
» ment attaché à tout ce qui le touche;
» il ne ressemble en rien à mon es-
» prit. Avide de connaissances, je
» suis trop impatient pour prendre la
» peine de les acquérir. Je voudrais
» exceller dans un art, quel qu'il fût;
» si j'en désespère, je me rebute et je
» l'abandonne. Je méprise un demi-
» savant, et je fais cas de l'artisan
» cité. On ne me conteste pas ma su-
» périorité dans tous les exercices
» du corps; hé bien, ces exercices
» me charment. Je suis passionné
» pour tout ce qui flatte mon amour-
» propre et me donne de la célébrité.

» A l'exemple de César, j'eusse pré-
» féré d'être le premier dans un vil-
» lage, à me trouver le second à
» Rome. On dit que c'est de l'orgueil,
» cela se peut ; mais enfin me voilà,
» et tel qu'il plut au ciel de me for-
» mer. Je parcours tantôt la France ,
» tantôt les pays étrangers. Je m'ar-
» rête où je me plais. Un officier de
» ce pays est mon débiteur d'une mi-
» sérable somme de deux mille écus ;
» mais il m'avait promis de me don-
» ner de ses nouvelles, je les ai atten-
» dues pendant deux grands mois à
» Montpellier ; je me suis mis en route
» pour éclaircir le mystère de son in-
» concevable silence. Qu'il garde son
» argent, s'il lui est utile ; mais qu'il
» me rende mon ami : je n'entends
» pas raillerie sur cet article. J'ai des
» faiblesses, il faut qu'on me les passe ;
» je ne veux pas qu'on en abuse. Je
» sors pour prendre des informations

» sur son compte. Il faut aussi que
» j'aille retirer un paquet à la poste :
» on ne peut le remettre qu'a moi. Il
» est chargé, il doit-être arrivé depuis
» trois jours. Il contient des effets sur
» le receveur général des domaines.
» C'est une occasion de me lier avec
» lui. Je sais qu'il reçoit toute la ville,
» c'est une raison pour moi de faire sa
» connaissance ; je ne vis point en
» anachorète. J'ai des lettres de re-
» commandation pour lui ; elles sont
» de personnes dans la dépendance
» desquelles il se trouve ; il m'accueil-
» lera avec distinction, je lui puis être
» utile. Depuis que l'on ma dévalisé
» en route, quand je quitte une ville,
» je n'emporte en espèces que ce qui
» m'est à peu près nécessaire pour
» arriver au terme de mon voyage.
» Je suis alors libre d'inquiétude. Sui-
» vez-moi, Champagne ; il est possi-
» ble que l'on ne me paye une partie

» de mes traites qu'en argent blanc ;
» alors vous aurez la complaisance de
» me trouver un porteur pour le
» transport de nos espèces. »

« Quant à vous, mon cher ami,
» ajouta-t-il d'un ton gravement co-
» mique, excusez-moi si j'abuse sitôt
» du droit que me donne notre nais-
» sante liaison, en vous priant de te-
» nir compagnie à mon Elisa, jusqu'à
» mon retour. Elle se plaint souvent
» que je la laisse seule, cela ne m'ar-
» rivera plus. L'amitié vit de sacrifices,
» vous me ferez quelquefois celui de
» votre liberté ; je l'exige. Vous vous
» convenez l'un et l'autre à ravir.
» Elisa est gaie, vous êtes sentimen-
» tal. Vous rirez et vous vous attendri-
» rez tour-à-tour. Je vous laisse en-
» semble ; songez que je vous confie
» ce que j'ai de plus cher au monde. »

Il sortit à ces mots. J'étais interdit,
embarrassé d'une situation nouvelle

pour moi. Je restais les yeux baissés sans rien dire, Elisa gardait également le silence ; elle paraissait rêveuse. J'aurais voulu commencer l'entretien par une de ces galanteries si familières à ceux que l'usage du monde met à leur aise, dans des occasions semblables; je cherchais ce que j'avais à dire, je ne le trouvais pas.

Elisa parla la première, je lui en sus bon gré. La conversation une fois commencée, mon embarras n'existait plus.

« Savez-vous, me dit-elle, qu'il faut » que vous ayez fait une bien grande » impression sur le cœur de mon » Edouard, pour qu'il en agisse de » la sorte avec vous, presque au pre- » mier moment de votre connnais- » sance ? Je ne l'ai jamais vu se livrer » si vite à aucun étranger. — Il vous » l'a dit, madame; il existe en amitié,

» comme en amour, des sympathies
» dont on ne peut se rendre compte.
» Je m'applaudis de ce que l'effet a été
» le même des deux côtés. J'eusse été
» malheureux, s'il ne m'eût pas ac-
» cueilli. Il m'a prévenu ; rien n'est égal
» à la satisfaction que j'en éprouve. —
» Elle est réciproque, soyez-en con-
» vaincu. Rien au monde n'aurait pu
» lui faire dire ce qu'il n'aurait pas
» pensé. Sous l'air d'une apparente lé-
» gèreté, il s'est fait des principes dont
» il ne s'écarte jamais. L'expérience
» qu'il a des hommes, le met dans une
» défiance continuelle des avances
» qu'on peut lui faire. Il a plus de
» vraie philosophie qu'il ne cherche
» à en montrer. On se tromperait à son
» égard en le jugeant sur ses dis-
» cours, et même assez souvent sur
» ses actions. La scène d'hier a pu
» vous donner une singulière idée de
» sa tête. Cette scène est la seule de

2 *

» ce genre dont il m'a rendu le té-
» moin, depuis que ma destinée est
» enchaînée à la sienne. S'il a jeté
» avec promptitude un insolent par la
» fenêtre, il s'y serait précipité lui-
» même avec plus de promptitude en-
» core, s'il se fût agi de voler au se-
» cours d'un malheureux. Il sait par-
» donner les offenses qui lui sont
» personnelles; il ne pardonne point
» celles que l'on fait aux dames. Mal.
» heur à qui les outrage en sa pré-
» sence ! La nature l'a doué d'une
» force de corps étonnante; et son
» adresse est égale à sa force. Il n'a-
» buse jamais ni de l'une ni de l'autre.
» Une seule anecdote de sa vie suf-
» fira à cet égard pour le peindre tel
» qu'il est. Dans la ville de Montpel-
» lier, d'où nous venons, un jeune
» mousquetaire, très-crâne, très-que-
» relleur, spadassin de profession, ré-
» douté par la réputation qu'il s'était

» faite le fleuret ou l'épée à la main,
» lui manque au spectacle; le mar-
» quis, sans perdre son sang-froid,
» l'invite a venir déjeuner le lende-
» main matin avec un de ses amis;
» c'est ce que le tapageur demandait.
» Une nouvelle affaire était une jouis-
» sance pour lui. Nous ne logions point
» à l'auberge; nous habitions dans
» une jolie petite maison, à deux por-
» tées de fusil de la ville. Il s'y trou-
» vait un jardin agréable. C'était là
» que la querelle devait se vider. Le
» marquis prend pour son témoin un
» tireur d'armes, retiré à Montpel-
» lier depuis quelque temps, le terri-
» ble Cauvin, l'homme le plus fort
» dans l'escrime après St.-Georges,
» et juge compétent dans ces sortes
» d'affaires. Cauvin venait souvent
» le matin faire des armes à la mai-
» son; le marquis ne le voyait point
» dans d'autres momens. Cauvin ar-

» riva une heure avant les deux mi-
» litaires que l'on attendait. Le mar-
» quis et lui avaient le fleuret à la
» main dans une salle au rez-de-
» chaussée, lorsqu'on annonça le
» champion de la veille et son témoin.
» On continue, en leur présence,
» l'exercice commencé. Le marquis
» déploie avec grace toute son adresse
» et toute son agilité. Cauvin, dont
» l'amour-propre est exalté, se dé-
» fend avec vigueur. Il s'avoue vain-
» cu ; le querelleur pâlit. — A nous
» deux maintenant, lui dit le mar-
» quis. Pour que nous ne puissions pas
» nier les bottes, nous allons faire
» sauter le bouton de ces fleurets ;
» telle est votre intention, sans doute,
» en me rendant visite ; je me prête
» volontiers aux désirs de mes amis.
» — L'épée n'est pas mon arme, ré-
» pond le crâne.—Ah ! ah' c'est le pis-
» tolet? tout comme il vous plaira. J'en

» ai ici deux paires, ils sont excel-
» lens, ils doivent valoir mieux que
» les vôtres; ils sont d'une justesse
» étonnante, vous allez en juger.

» Il jette une carte à terre, met le
» pied dessus; à peine un pouce et
» demi de la carte dépassait-il le bout
» de son soulier; il tire et loge la balle
» à trois lignes de la semelle. Une
» autre carte était fixée à un arbre à
» vingt pas; il ajuste son second coup,
» la carte est percée au milieu.

» Vous le voyez, monsieur, ajouta
» gaîment le marquis, je ne vous of-
» fre pas des armes suspectes; rechar-
» gez-les, et prenons nos distances.

» Le tapageur avait perdu la tra-
» montane; le marquis eut pitié de
» lui. — Vous voulez donc décidé-
» ment me tuer, lui dit-il, moi qui
» ne vous ai point offensé, moi le
» plus pacifique et le plus maladroit
» des hommes? Le sentiment de votre

» supériorité aurait dû vous inspirer
» le généreux dessein de faire grace
» à ma faiblesse, dont vous ne dou-
» tiez pas. J'ai hasardé un mot de
» conciliation, vous l'avez rejeté avec
» hauteur; il faut donc que je cesse
» de vivre; j'y suis disposé. J'ai fait
» mon testament, je vous laisse le
» soin de consoler ma veuve.

» L'ironie était amère; mais le
» jeune homme, si insolent la veille,
» si chatouilleux sur le choix des ex-
» pressions dont on se servait en lui
» parlant, prenait tout alors du bon
» côté; il eut même la rare modes-
» tie de convenir qu'il avait eu tort.

» Cela me suffit, ajouta le mar-
» quis, j'aime à vivre en paix avec
» tout le monde; pourtant, si vous
» faites cas de mon amitié, cessez de
» distribuer des coups d'épée; comme
» vous le faites, à de malheureux jeu-
» nes gens sans expérience, que vous

» provoquez journellement pour main-
» tenir votre réputation. Je ne sais
» rien, vous l'avez vu, mais il est
» dans mon caractère d'embrasser la
» défense des opprimés ; et quelque
» risque que j'eusse à courir en me
» mesurant avec vous, je vous jure
» que j'en courrais le hasard, si vous
» n'adoptiez pas les sentimens de
» philantropie que je m'honore de
» professer.

» Le jeune homme fit une profonde
» révérence et se retira. Une heure
» après il n'était plus dans la ville.

» J'ai corrigé quelques insolens,
» dit Cauvin, dans le cours de ma
» longue carrière, mais d'une façon
» plus sévère que vous ne l'avez fait.
» Il est heureux pour celui-ci de
» n'avoir point eu affaire à moi ; à
» l'heure qu'il est nous creuserions
» sa fosse dans un coin de votre jar-
» din. — J'entends mieux mes inté-

» rêts que vous n'entendez les vôtres,
» répliqua le marquis : j'aime à vivre
» exempt d'inquiétude. Je ne dormi-
» rais plus tranquille, si j'avais ôté
» la vie à l'un de mes semblables. Se
» battre avec la certitude de tuer son
» adversaire, ce n'est pas être brave,
» c'est être un assassin. — Quand on
» provoque, soit ; mais alors que l'on
» est provoqué, la chose est diffé-
» rente. Ce polisson se faisait un bar-
» bare plaisir de l'espérance de vous
» mettre au lit pour six mois, vous
» dont il n'avait reçu aucune offense ;
» et il en sera quitte pour des excu-
» ses ! Par-là ventrebleu ! cela n'est
» pas dans l'ordre. Qui vous répon-
» dra qu'en le laissant vivre, il n'en
» coûtera pas la vie à quelque galant
» homme ? En le dépêchant pour
» l'autre monde, vous eussiez débar-
» rassé celui-ci d'un fort mauvais su-
» jet. — Vous avez raison, mon cher

» Cauvin ; mais j'aime mieux qu'un
» autre que moi se charge de sa pu-
» nition. Je fuis les affaires, je ne
» manque jamais à personne, je par-
» donne une inconséquence, je ne
» tolérerais pas un outrage ; je con-
» nais les lois de l'honneur, et j'y se-
» rai fidèle. Convenez que j'eusse été
» un grand sot de courir les dangers
» de quitter une ville où je me plais,
» en n'avertissant un malheureux sans
» courage, de sa méprise, qu'en lui per-
» çant le sein. Songez aux suites ; un
» homme mort embarrasse toujours.
» Il a des parens, ils vous poursui-
» vent ; des amis, ils veulent être
» quelquefois ses vengeurs : c'est à
» n'en plus finir. Mon tapageur s'est
» humilié, ma gloire est à couvert,
» ma vengeance est complète. »

« Je ne vous ai montré, continua
» Elisa, M. de Bellegrade que sous un
» seul point de vue ; ce n'est là qu'un

» portrait de profil. Le temps et vos ob-
» servations vous le feront connaître
» sous d'autres rapports ; mais si vous
» l'aimez une fois, je vous en aver-
» tis, vous ne l'aimerez pas médiocre-
» ment. »

Il rentra alors suivi de deux porte-
faix, chargés de sacs d'argent ; il tira
lui-même de ses poches plusieurs rou-
leaux d'or. Il les jeta négligemment
dans le tiroir d'une commode. « Je
» suis désesperé, dit-il en se laissant
» tomber dans un fauteuil ; ce pau-
» vre chevalier de l'Angle, je lui ai
» fait outrage en l'accusant de m'avoir
» oublié. J'étais venu à Clermont, je
» vous l'avais dit d'avance, non pour
» l'argent qu'il me devait, j'en avais
» encore à son service, mais pour le
» gronder d'un oubli cruel, pour lui
» en offrir le pardon ; le malheureux,
» il n'existe plus ! En s'élançant de sa
» voiture pour voler dans les bras de

» sa mère, il s'embarrasse le pied dans
» son manteau, il tombe et se fracasse
» la tête sur le pavé. Il n'a survécu
» que trois jours à cet accident. Mon
» nom et celui d'Elisa sont les der-
» niers qui soient sortis de sa bouche.
» Il avait donné ordre d'acquitter une
» dette sacrée. On avait égaré mon
» adresse, et je n'écrivais point. Je me
» suis nommé ; je n'avais d'autre ti-
» tre de ma créance que l'aveu du
» chevalier ; on m'a forcé d'accepter
» mon argent. Je ne me pardonne-
» rai jamais l'injustice de mes soup-
» çons envers mon pauvre ami. Jeune
» homme, que je suis heureux de
» vous avoir rencontré, pour remplir
» le vide affreux qu'il laissait dans
» mon âme. Un ancien l'a dit, je fais
» mes efforts pour être de l'avis de ce
» philosophe ; il ne faut pas pleurer
» les morts ; nos regrets ne les ren-
» dent pas à la vie. Ils ont cessé de vi-

» vre, ils ont cessé de souffrir. Les vi-
» vans seuls sont à plaindre ; ils sup-
» portent le fardeau de l'existence ;
» un chagrin inutile le rendrait trop
» lourd. Ces maximes sont admira-
» bles : ce philosophe n'avait rien
» aimé sans doute, ou il n'avait pas
» perdu ce qu'il aimait. Toutefois il
» avait raison. Heureux lorsque l'on
» peut commander à son cœur ! Je
» n'en suis pas encore à ce point de
» perfection, je ne désire pas même
» d'y parvenir. Bon chevalier de l'An-
» gle ! je ne t'oublierai jamais, je par-
» lerai souvent de toi, et je ne rougi-
» rai point de donner des larmes à ta
» mémoire. »

Après quelques momens de silence,
il parut faire un effort sur lui-même.
« Changeons de propos, reprit-il en
» s'adressant à Elisa ; c'est un mal
» sans remède. Ma chère amie, vous
» vous passerez de carrosse dans cette

» ville; les rues en sont si étroites,
» que l'on est obligé de s'y servir de
» porteurs. Toutes les femmes comme
» il faut en ont, vous en aurez.
» M. Champagne leur fera prendre
» ma livrée. Il m'arrêtera de plus
» deux domestiques pour porter des
» flambeaux et nous servir à table. Ils
» resteront de garde à l'antichambre ;
» ils né metteront jamais le pied dans
» mon appartement. Ne croyez pas,
» mon cher ami, que ce soit par or-
» gueil que j'en agis ainsi : quatre
» grands fainéans que je comblais de
» mes bontés, que je traînais partout
» à ma suite, formèrent un jour le
» projet de me voler, et l'exécutèrent.
» J'avais emmené le seul Champagne
» à une fête. A notre retour, tout ce
» que je possédais avait été enlevé. Si
» je n'avais pas eu sur moi quelques
» bijoux; si ce bon Champagne, plus
» défiant que moi, n'avait pas eu la

» précaution de déposer dans une ca-
» chette une centaine de louis que
» les coquins ne purent découvrir,
» nous restions sans ressource au fond
» de l'Italie. Ce pauvre garçon, tout
» en larmes, m'apporta son chétif
» avoir. — Je le tenais de votre géné-
» rosité, mon cher maître. — En était-
» il moins à toi ? Je pouvais être tué,
» mourir de mort subite ; tu n'avais
» pas même voulu de billet pour ga-
» rantir ta créance. — Si je vous per-
» dais, je n'aurais besoin de rien. —
» Allons, sors, il me faut de la gaîté,
» tu me fais du pathétique, tu sais
» bien que je ne l'aime pas. »

» Savez-vous, mon cher ami, que
» cet honnête serviteur se ferait tuer
» pour moi ? Il est mon trésorier, mon
» économe, il voudrait être mon men-
» tor. Il s'avise souvent de me donner
» des conseils ; je ne les suis point,
» mais je lui laisse *son franc parler*.

» Nous chercherons à nous amuser
» dans cette ville ; on y aime le plai-
» sir, le jeu, la bonne chère. Ma let-
» tre de recommandation, le nom que
» je porte, la somme que j'avais à tou-
» cher, ont produit leur effet. Mon-
» sieur le receveur général des domai-
» nes a été on ne peut pas plus civil avec
» moi ; je n'ai pu me défendre d'ac-
» cepter à dîner pour demain. Tout
» ce qu'il y a de mieux dans la ville
» doit s'y trouver, l'invitation est pour
» nous trois. Nous nous mettrons *in*
» *fiocchi*. Je n'aime pas le vain éta-
» lage du luxe sur ma personne, il
» me fatigue ; mais ce n'est point ici
» comme dans la capitale, où votre
» nom et votre mérite personnel suffi-
» sent pour vous faire distinguer ; il
» faut jeter de la poudre aux yeux, en
» province, quand on est étranger. On
» n'y fait cas de vous que suivant la
» fortune qu'on vous suppose, et l'on

» ne juge de la vôtre que par la dé-
» pense que vous faites. Un titre ce-
» pendant n'est pas une chose indif-
» férente; il ajoute au degré de con-
» sidération qu'on a déjà pour votre
» air d'opulence. On redoute et l'on
» fuit les gens de qualité, quand ils
» ont mangé leur bien, parce qu'alors
» ils cherchent à manger celui des au-
» tres. Si je devenais pauvre, ce qui
» ne peut point m'arriver; mais enfin,
» si cela était possible, je me garde-
» rais bien de dire qui je suis. J'irais,
» sous un nom supposé, vivre de
» mes talens dans des lieux où per-
» sonne ne m'eût jamais connu. Un
» sot languit, meurt, ou s'avilit.
» L'homme doué de quelque énergie,
» sait partout se créer des ressources.
» S'il a de l'intelligence, il s'en sert,
» s'il manque de génie, il lui reste
» deux bras; on trouve en tout temps
» à les employer. C'est ainsi que je
pense.

» pense. Me voilà loin de ce que je
» voulais dire : des hauteurs de la phi-
» losophie , je descends aux faiblesses
» de l'humanité. Mon cher Joseph Du-
» bois, ce nom-là n'est pas convena-
» ble dans la circonstance ; il vous se-
» rait tort dans la société où vous al-
» lez paraître. Si vous vous nommiez
» Montmorenci , Mortemart, ou Bel-
» legrade ; un prénom, quel qu'il fût,
» ne gâterait rien à l'affaire ; mais
» Joseph accolé à Dubois, cela est
» du dernier commun. — Je ne tiens
» pas du tout à ces deux noms ; si
» j'étais le maître d'en prendre d'au-
» tres , je ne balancerais pas ; on ne
» m'a pas consulté pour me les don-
» ner. — C'est tout simple, on ne se
» choisit pas son père. Hé bien ! re-
» noncez à votre prénom. — Comme
» au nom de Dubois. Je ne tiens ni
» à l'un ni à l'autre. — Point d'é-
» tourderie ; les conséquences en sont

» souvent funestes. Bornez-vous à
» faire précéder le nom de vos pères
» du titre de chevalier ; l'usage et vo-
» tre tournure vous y autorisent ; cette
» légère variante produira le meil-
» leur effet. Tel rougirait de donner
» la main à l'honnête Joseph Dubois,
» qui comblera de politesses mon-
» sieur le chevalier , le connût-il pour
» un mauvais sujet. Que voulez-vous ?
» le monde est ainsi fait. Vous n'a-
» vez pas la prétention de le changer ,
» ni moi non plus, sur mon honneur.
» Je trouve mon compte à le laisser
» tel qu'il est. Notre maison est con-
» nue ; pour vous donner de la consis-
» tance , je vous avouerai pour mon
» parent.—Pour votre neveu ?—Non
» pas, non pas, ne plaisantons pas sur
» cet article. D'ailleurs, je ne suis pas
» d'âge à jouer le personnage d'oncle,
» je le remplirais mal. Je ne me sens
» nulle disposition à porter ce titre.

» Vous serez mon cousin... par les
» femmes. — Tout ce qui vous plaira.
» —Le nom de cousin permet la douce
» intimité. — Ce que j'éprouve pour
» vous, aidera sans peine à me per-
» suader que je vous appartiens.—Si,
» pour vous convaincre de cette inno-
» cente supposition, votre cœur fait
» la moitié du chemin, le mien fera
» l'autre sans le moindre effort. »

Le reste de la journée se passa en
préparatifs pour le lendemain. Le
marquis voulut voir l'habit que je
mettrais. Il le trouva de la plus noble
élégance, il loua mon goût, ou celui
de mon tailleur; il sourit de mon inexpérience : je n'avais point de dentelles, il y suppléa.

Il ne voulut point me permettre
d'en acheter. « Entre amis, tout doit
» être commun, dit-il; j'en userais
» sans façon avec vous, agissez-en de
» même avec moi; c'est ainsi que vous

» me prouverez votre attachement. Il
» faut des bijoux pour escorter un si
» joli costume; je regorge de ces
» niaiseries, vous vous en parerez.
» Quand j'ai de l'argent de trop, ce
» qui m'arrive quelquefois, j'achète
» des diamans, on les retrouve au be-
» soin. On fait toujours la même fi-
» gure, personne ne s'aperçoit de vo-
» tre détresse momentanée. Un ban-
» quier est moins sûr que mon écrin;
» il ne me donne point d'intérêt, soit;
» mais je ne crains pas de banque-
» route. Depuis qu'elles sont deve-
» nues un moyen de fortune, je me
» défie des gens d'affaires; je ne serai
» jamais leur dupe. »

Il s'était aisément aperçu que je
manquais d'usage; il me donna la
première leçon de ces riens impor-
tans qu'il est ridicule d'ignorer. Il me
trouva de l'aptitude, de la mémoire,
il en fut ravi; il n'avait pas besoin de

revenir deux fois sur le même sujet.

« Au reste, mon cher chevalier, me
» disait-il, si quelqu'un s'avise de rire
» de votre gaucherie, je la rendrai ex-
» cusable en prévenant d'avance que
» vous sortez des mains de votre gou-
» verneur, le plus honnête des hom-
» mes, mais plus habile à orner vo-
» tre esprit, qu'à vous façonner aux
» habitudes du grand monde. L'ins-
» truction que vous avez, justifiera ce
» que j'aurai dit. Ce que vous per-
» drez d'un côté, vous le regagnerez
» de l'autre; et bientôt rien ne vous
» manquera pour être un cavalier
» charmant. »

Champagne, prompt à saisir les in-
tentions de son maître, trouva deux
porteurs robustes et deux grands gail-
lards pour le service. Les habits de
leurs prédécesseurs leur allaient bien,
il ne prit pas d'autre information sur
leur compte. Leurs vices ou leurs ver-

tus étaient la chose la plus indifférente pour ce qu'on avait à exiger d'eux. Ils servaient de parade. On les payait tous les jours exactement ; la livrée était magnifique , ils étaient fiers de la porter. Dubois , pour faire honneur à son maître , leur ordonnait toujours de se tenir avec les porteurs en-dehors de l'auberge , prêts à suivre madame au moindre signal , lors même qu'elle ne voulait pas sortir ; mais les passans les voyaient , ils étaient curieux quelquefois , on se hâtait de leur apprendre que ces gens étaient ceux du marquis de Bellegrade , et l'objet était rempli.

~~~~~~~~~~~~~~~~~~~~~~~~~~~~~~~~

CHAPITRE IX.

Un dîner en ville.—Le trente et qua-
rante.

Le lendemain matin, avant de nous
rendre à l'invitation que nous reçû-
mes de nouveau dans toutes les formes, par un billet galant du receveur
général, le marquis, après m'avoir
fait faire une répétition des leçons
qu'il m'avait données la veille, me de-
manda si je savais quelque jeu. « Oui,
» lui répondis-je, celui du billard, et
» je n'y ai jamais trouvé personne de
» ma force.—Fi donc ! jeu de laquais.
» N'importe, cela peut être utile. J'y
» joue fort bien aussi ; mais je n'y joue
» jamais qu'avec mes amis, dans des
» maisons particulières.—Je suis éga-
» lement d'une assez belle force aux

» échecs et au trictrac. — Talent pré-
» cieux pour faire la partie des papa
» ou des mamans. Quel jeu de cartes
» savez-vous ? — Le piquet, l'impé-
» riale, la mouche. — Par qui diable
» avez-vous donc été élevé ? — Vous
» l'avez deviné, par un grave insti-
» tuteur. Il ne voyait que des person-
» nes de son âge. — C'est le reversis
» qu'il faut apprendre ; Elisa va vous
» en donner une idée, c'est ici le jeu
» des dames. Vous ferez leur partie,
» vous perdrez ; c'est un moyen sûr
» de leur être agréable. Si vous aviez
» la gaucherie de gagner leur argent,
» elles vous détesteraient. Laissez-leur
» jusqu'au plaisir de vous tricher. N'al-
» lez pas vous en apercevoir ; vous
» vous ferez, à peu de frais, une
» réputation délicieuse. Vous serez
» choyé, chéri et recherché par elles.
» Reposez-vous sur moi du soin de
» vous indemniser de vos pertes. Je

» ferai la partie des hommes, j'ai la
» tête froide, j'esquive la mauvaise
» fortune, je brusque la bonne, et je
» suis né heureux. Vous serez pour
» un tiers dans mon jeu, Elisa aura
» le second, et le troisième est pour
» mes dépenses. Je fais les fonds de
» la société.—J'ai de l'argent, mon-
» sieur. — Vous me rembourserez si
» nous perdons. — Je ne veux point
» hasarder au-delà de cent louis.—Je
» ne vous exposerai point à essuyer un
» pareil revers ; fiez-vous-en à ma pru-
» dente habitude. »

Elisa, en attendant l'heure de partir, m'expliqua la marche du reversis. Je n'eus pas la moindre peine à
concevoir ce qu'elle m'expliquait.
« Vous en savez plus qu'il ne faut,
» me dit le marquis ; on peut vous
» instruire avec facilité ; vous saisis-
» sez, avec une précision admirable,
» tout ce qu'on vous indique. — Cela

» est plus facile à comprendre qu'un
» problème ; j'en ai quelquefois résolu
» d'assez embarrassans. —— Puisque
» vous avez de la mémoire, souve-
» nez-vous de mes conseils. Je crains
» qu'une seule leçon ne vous ait rendu
» trop habile. Laissez reposer votre
» intelligence, ou plutôt, appliquez-
» la toute entière à mériter le suffrage
» des dames. C'est d'elles seules que
» dépend la réputation d'un jeune
» homme ; cherchez à leur plaire, je
» vous en ai indiqué le moyen. »

Mon oncle se présenta avec cet air
d'aisance que donne la fréquentation
de la haute société. Sa réputation l'a-
vait précédé, chacun désirait de le
voir ; il entre, et l'on fait cercle autour
de lui. Je parais une minute après,
je donnais la main à Elisa ; les hommes l'admirent, les femmes l'exami-
nent. Elles étaient riantes avant qu'on
l'annonçât ; elles deviennent sérieu-

ses en la voyant ; d'un coup d'œil
scrutateur, elles l'ont parcourue de la
tête aux pieds. La mise d'Elisa paraît
sans recherche, on se rassure, on la
détaille, sa mise excite la jalousie. Sa
robe est d'une étoffe de soie bien simple, mais de riches accessoires la re-
lèvent. Les dentelles dont elle est gar-
nie sont de point d'Angleterre de la
plus grande largeur et d'un dessin
exquis. Un collier de diamans, des
girandoles supérieurement montées,
des bracelets en perles fines, des ba-
gues magnifiques, fixent tour-à-tour
l'attention générale des dames. Les
hommes ne prennent garde qu'à la
douce vivacité de ses regards, à la
blancheur de ses dents, à la fraîcheur
de son teint, à la grace enchanteresse
de tous ses mouvemens. Il s'est à peine
écoulé quelques secondes, et chacun
a fait ses observations. On ne peut
rien reprendre à sa parure, on ne peut

que louer son maintien ; elle n'a point
parlé encore , une moitié de l'assem-
blée lui porte envie , et l'autre dé e
de lui plaire. On lui dit des mots flat-
teurs , elle répond avec esprit par des
choses plus flatteuses ; c'est aux dames qu'elle les adresse. Elles souhai-
tent intérieurement de lui trouver
quelque défaut , elle les contraint à
lui rendre justice. Elle est charmante,
elle a l'air de l'ignorer ; elle est si
modeste et si prévenante, qu'au bout
d'un quart d'heure elle a désarmé la
critique et réuni tous les suffrages.

On se met à table. Je suis éloigné
d'elle et du marquis ; je suis dépaysé ,
je garde le silence. Chacun s'occupe
de soi, je suis plein d'attention pour
mes voisines; c'étaient une grand'-
mère et une toute petite demoiselle.
Elles sont flattées de mes attentions.
Au dessert , la conversation devient
générale ; j'écoute tout le monde , je

réponds à propos. Je ne cherche point
à montrer de l'esprit, je m'étudie à
faire valoir celui des autres; on m'en
trouve beaucoup; on applaudit à mon
discernement, et je dus mon succès à
mon adresse et à ma complaisance.

Après le dîner, on me plaça à une
table de reversis, avec trois femmes
sur le retour. Fidèle aux instructions
que j'avais reçues de mon oncle, je
jouai avec toute l'étourderie imagina-
ble. En dépit du sort, qui voulait me
favoriser, je perdais tout ce que je
pouvais perdre. On me trouvait charmant. Aucune plainte ne m'échap-
pait. Plus j'étais malheureux, plus je
riais. Ma petite voisine du dîner, trop
jeune encore pour qu'on lui eût offert
une carte, s'était placée à côté de
moi. Reconnaissante des égards que
j'avais eus pour elle pendant le repas,
elle s'intéressait à mon jeu; elle s'a-
gitait, elle rougissait lorsqu'elle me

voyait faire une sottise. La pauvre
enfant me poussait innocemment le
genou, pour m'empêcher de jeter telle
ou telle carte. Par complaisance pour
elle , je suivais quelquefois ses conseils clandestins. Elle était contente
lorsque j'avais réussi ; elle me gron-
dait après le coup, lorsque j'avais fait
quelque grosse faute bien volontaire.
Il m'en échappe une plus forte que
les autres; elle n'y tient pas. « Mon
» dieu ! monsieur, me dit-elle, que
» vous êtes ignorant ! c'est trop fort, il
» y a conscience à jouer contre vous.—
» Otez-vous de là , repartit aigrement
» sa mère ; ne vous apercevez - vous
» pas que vous impatientez monsieur ?
» Je ne vous menerai plus en société ;
» vous vous y comportez avec la der-
» nière indécence. — Hé ! madame
» ne grondez pas cette aimable en
» fant ; l'intérêt que je lui inspire es
» sans conséquence. Plus habile qu

» moi, mon inexpérience lui fait pi-
» tié. —— Votre inexpérience ? vous
» jouez comme un ange. —Ah! oui,
» comme un ange, repart vivement
» la petite fille ; là, tout-à-l'heure au
» dernier coup, il avait un reversis
» tout fait, *quinola* sixième ; au lieu
» d'attaquer par le roi de trèfle, en-
» suite la dame et le valet, il jette le
» huit ; on le lui prend avec le neuf,
» c'est tout simple, maman n'avait pas
» d'autre carte de cette couleur ; il
» fait ensuite toutes les autres levées,
» gorge *quinola*, et a la bonne encore.
» Là, je le demande, peut-on être
» plus maladroit ? Cela me fait de la
» peine ; mais vous en êtes bien con-
» tente, parce que vous gagnez. ——
» Je gagne ? mais voyez cette mor-
» veuse ! ne rougissez-vous pas de
» faire voir à monsieur que vous con-
» naissez mieux le reversis, que vous
» ne seriez en état de répondre à une

» question sur la géographie?—Dame!
» ce n'est pas ma faute; pourquoi
» m'avez-vous appris ce jeu-là ? Pour-
» quoi me forcez-vous de le jouer,
» quand il vous manque une qua-
» trième personne ? J'aimerais bien
» mieux faire des robes à ma poupée;
» je la néglige pour vous faire plaisir,
» voilà ma récompense. »

La maman était furieuse; elle se
contint. D'un regard foudroyant, elle
força mademoiselle Pouponne à quitter sa place. Mademoiselle Pouponne
alla bouder dans un coin, et s'y en-
dormit.

Cependant je m'ennuyais de ma
sotte complaisance. L'âpreté du gain
que marquaient mes joueuses, leur
joie de me dépouiller, m'avaient d'a-
bord paru amusantes; la continuité de
la même scène finit par me devenir importune. J'étais d'ailleurs inquiet du
marquis. Il était dans une autre pièce.

J'entendais dire aux allans et venans, que le combat était engagé, que l'affaire serait chaude, qu'on ne voulait pas se ménager, qu'on se tirait à boulet rouge. On jouait au trente et quarante. Je n'avais aucune idée de ce jeu terrible. Quand le nombre des tours fixés par une partie de reversis fut complet, je quittai la table où l'on m'avait cloué pour deux mortelles heures. J'étais si beau joueur, que l'on voulait me donner ma revanche. Je prétextai un mal de tête, pour cesser le jeu. Je payai gaîment ce que j'avais perdu, et je laissai les trois amies se disputer sur le partage.

En entrant dans le salon de la grande partie, je fus frappé du calme apparent qui semblait y régner. Des monceaux d'or étaient étalés sur une très-grande table, devant quelques-uns des joueurs. J'avais causé avec la plupart d'entr'eux, ils m'avaient ac-

cueilli, ils ne me regardaient plus ;
j'avais de la peine à les reconnaître.
Les uns étaient pâles et tremblans, les
autres étaient rayonnans d'espérance.
De jeunes femmes, dont les regards
doux m'avaient inspiré de la bienveil·
lance, hâves et les yeux égarés, at-
tendaient dans un silence plein d'agitation le résultat du coup prochain.
Leur toilette était en désordre, leur
rouge était tombé. Le prestige qui les
environnait, deux heures auparavant,
s'était évanoui pour moi. Le marquis
tenait la banque dans le moment où
j'arrivai. Froid et sérieux, sa figure
contrastait avec celle de tous les autres personnages, dont les regards
étaient attachés sur lui seul. Il semblait
être l'arbitre suprême d'une foule de
malheureux soumis à ses jugemens :
ils tremblaient, il allait prononcer
sur leur sort ; aucune passion n'était
peinte sur son visage. Un frémisse·

ment involontaire s'empara de moi ,
mes genoux tremblèrent lorsque je
lui vis couvrir les sommes que l'on ha-
sardait contre lui. C'était le premier
coup de la taille ; il le perd et sourit.
Un murmure de joie se fait entendre
autour de la table ; il me consterne.
Les joueurs doublent leur mise ; le
cœur me bat. J'ignore ce qui fait gagner ou ce qui fait perdre, je cherche
à le deviner. Le marquis détache l'une
après l'autre quatre cartes d'un gros
paquet qu'il tient à la main gauche.
« Deux, dit-on, avec l'air du conten-
» tement. » Je n'y comprends rien.
Comment quatre font-ils deux? Ce
coup est favorable aux pontes, sans
doute ; l'espérance est peinte sur
leurs fronts radieux. Un, dit le marquis, après avoir tiré jusqu'à six cartes. Cette fois, des juremens étouffés
se font entendre à mon oreille. Le
marquis, sans s'émouvoir, ramasse les

enjeux. Il est maudit par les bouches
les plus jolies. « Ah ! grands dieux !
» dis-je tout bas, comme cette pas-
» sion vile dénature les plus aimables
» caractères ! » S'il eût dépendu de
moi, j'eusse entraîné mon oncle loin
de ce lieu funeste. Je me mettais à sa
place ; la situation pénible où je le
croyais, en le jugeant par les sensations dont j'étais agité, me faisait souffrir ; je le plaignais. Il gagna trois fois
de suite. Presque tout l'or de ses adversaires avait changé de place, et
grossissait son tas. Au coup suivant,
le comte de B... lui crie *banco*. Cela
va, répond tranquillement mon oncle. Il gagne encore. Il faut compter.
La banque s'élevait à plus de deux
mille louis ; le comte de B... n'en avait
sur lui que cinq cents. « Vous aurez,
» dit le comte, le reste de votre som-
» me chez vous demain matin. — J'y
» compte, répond mon oncle. » Et il
jeta les cartes.

« Hé bien , me dit le marquis ,
» quand nous fûmes rentrés à notre
» auberge , quelle impression a fait
» sur vous la scène dont vous avez été
» témoin ?—Une impression horrible.
» Des femmes, que le ciel a formées
» pour les sentimens doux , peuvent-
» elles se livrer à ces anxiétés, et parta-
» geant nos excès, renoncer volontaire-
» ment aux égards que l'on n'a plus
» pour elles, dans des momens d'oubli,
» où la voix du sordide intérêt est la
» seule que l'on écoute ? des hommes
» qui se touchaient la main une heure
» auparavant, qui se faisaient des of-
» fres de service, se réunissent ainsi
» pour s'entr'égorger! Que pourraient-
» ils avoir à redouter de plus de leurs
» plus cruels ennemis ? Un jeu pareil
» n'est pas un délassement, c'est un
» combat à mort. La joie momenta-
» née des uns, le désespoir affreux
» des autres, est encore là sous mes

» yeux ; il ne sortira jamais de ma
» mémoire. — Songez donc au gain
» énorme que vous avez fait ?—Vous
» pouviez perdre , être aussi mal-
» heureux que tant d'autres , je n'a'
» songé qu'à cela. J'y songe encore ,
» et cela m'épouvante. Le plaisir qu
» procure un gain , quelque gran
» qu'il soit , ne peut pas entrer ei
» comparaison avec l'alternative d'un
» ruine complète. La possession d
» superflu ajoute faiblement au bon
» heur , la privation du nécessaire ré
» duit au désespoir. — Vous ne sere
» donc jamais joueur?—Jamais.—L
» somme qui vous reviendra ne vou
» engagera donc pas à tenter de no
» veau la fortune ?—Oh ! non', no
» — Je vous en félicite. C'en éta'
» fait de vous , si cet heureux cou
» du sort vous eût ébloui. Les jeu
» de hasard m'effrayent ; si j'y jou
» quelquefois , c'est par complai

» sance. Je savais, avant de venir dans
» cette maison, quels étaient les goûts
» du maître. Je ne joue jamais sur
» ma parole, je n'emprunte jamais au
» jeu; je n'avais pris que cinquante
» louis sur moi, c'etait tout ce que je
» voulais exposer. La perte était suf-
» fisante pour m'acquitter de la poli-
» tesse que l'on m'avait faite en m'in-
» vitant à dîner, et j'avais fait mon
» deuil de cette bagatelle. J'en ai
» ponté la moitié en me présentant
» à la table du jeu. J'ai fait paroli,
» masse en avant, j'ai gagné quatre
» coups de suite; je m'en suis tenu là.
» Je n'ai plus risqué que des misères.
» On m'a offert de tailler à mon tour:
» j'étais en gain, il eût été malhon-
» nête de refuser. J'avais mis à part
» notre argent, et cent cinquante
» louis de profit. Il vous fallait un dé-
» dommagement de votre complai-
» sance; j'ai hasardé le reste de mon

» gain avec insouciance. En le pla-
» çant sur la table, je le croyais perdu.
» Je ne vous dirai pas que je le dési-
» rais, je mentirais alors, mais je
» n'eusse éprouvé nul regret de me
» voir déposséder d'un or sur lequel
» je ne comptais plus. Le comte de
» B... a fait un coup d'étourdi en me
» criant *banco*; les probabilités, s'il
» pouvait y en avoir à ce jeu, étaient
» en sa faveur; son avidité m'a piqué,
» je n'en ai rien fait paraître. J'ai ga-
» gné le coup; il n'avait pas de quoi
» me payer: j'ai quitté la partie; j'ai
» été ravi de le faire sans qu'on pût
» me blâmer. »

« J'aime le grand monde, il faut
» bien faire ce qu'on y fait; je me con-
» forme aux usages des pays dans les-
» quels je me trouve, aux mœurs de
» chaque société nouvelle dans la-
» quelle je suis admis. Ainsi qu'Alci-
» biade, je mangerais le brouet à
Sparte,

» Sparte, et ferais bonne chère à la
» cour du grand roi. Je suis en garde
» contre les piéges qu'on peut me ten-
» dre : je suis rarement dupe. Que des
» fous se ruinent, ce sont leurs affai-
» res ; la mienne est de me préserver
» de suivre leur exemple. Amoureux
» du plaisir et de l'indépendance,
» craignant l'ennui qui suit l'oisi-
» veté, n'étant ni savant ni homme
» de lettres, jaloux pourtant de la cé-
» lébrité, je me suis fait des occupa-
» tions conformes à mes dispositions,
» à mes goûts, et convenables à un
» homme de ma sorte. La musique
» charme mes loisirs, on me cite par-
» mi nos meilleurs violons ; je suis,
» sur cet instrument sans rival, en
» province ; l'équitation, les armes,
» la paume, font mes délices. Je leur
» dois ma force et la santé dont je
» jouis. Je mets de l'amour-propre à
» dompter un coursier fougueux, à

II.   4

» me rendre maître de ses mouve-
» mens, à le contraindre à m'obéir;
» mon adresse le fleuret à la main, et
» j'en fais parade, me vaut des égards
» de la part de ces hommes turbulens
» qu'on rencontre parfois dans la so-
» ciété. Je ne manque à personne; on
» sait qu'on ne me manquerait pas im-
» punément, je n'ai jamais d'affaires.
» Armé d'une raquette, je maîtrise la
» fortune; elle est mon esclave. Dans
» un instant je juge de la force de
» mes adversaires; je ne montre de la
» mienne que ce qu'il faut pour ne
» pas leur ôter l'espoir de me vaincre;
» je leur abandonne une victoire sté-
» rile, mais je punis l'orgueil inté-
» ressé. Quand je vous ai proposé,
» mon cher chevalier, une association
» avec moi, c'est que j'étais sûr de ne
» pas compromettre vos intérêts. Je
» ne pouvais répondre de rien dans le
» coupe-gorge où l'on nous a attirés.

» C'est à l'argent que j'avais touché
» chez le receveur général , plutôt
» qu'à mon nom et à ma lettre de
» recommandation , que j'ai dû la
» prompte invitation qu'il m'a faite.
» On me sait en fonds maintenant,
» bien plus qu'à mon arrivée ; on me
» suppose un revenu considérable ; je
» suis un homme à rechercher. On
» compte sur une revanche de ma
» part, on ne l'obtiendra pas au trente
» et quarante. Je ne me livre point en
» aveugle aux caprices du sort. Je
» défends ma fortune , comme je dé-
» fendrais ma vie. Je ne mettrai plus
» le pied chez monsieur le receveur
» général ; mais je veux lui rendre un
» dîner plus splendide que le sien. Cet
» homme est un fou d'un dangereux
» exemple. On était heureux dans
» cette ville, m'a dit à table un de
» mes voisins, avant qu'il y parût.
» Il y a mis à la mode ce jeu re-

» doutable et enivrant. Ce jeu est de-
» venu une fureur. Tel s'est levé ri-
» che ce matin, qui ce soir se couche
» dans un état voisin de l'indigence.
» L'artisan de tant de maux en sera
» lui - même la victime. Il compte en
» vain sur un bonheur durable ; il
» ruine maintenant les autres, il sera
» ruiné à son tour : c'est l'arrêt du
» destin, il est irrévocable. Il perdra
» sa place, l'honneur, et peut-être la
» vie. »

Mon oncle voyait juste, sa prédic-
tion fut accomplie. Six mois après, ce
financier si brillant, dont la fortune
paraissait assurée, chez lequel une
foule de malheureux portaient le fruit
de leurs économies, pour avoir de
gros intérêts, fit une énorme ban-
queroute, et se brûla la cervelle. Les
habitans de Clermont se souviendront
long-temps de lui.

Le comte de B... fut exact à s'ac-

quitter. Les usuriers lui trouvèrent des
fonds ; la dette était sacrée. Son bou-
cher, son boulanger, ses fournisseurs
faisaient vainement chaque jour antichambre chez lui ; il n'avait jamais
le temps de leur donner audience. Il
ne comptait avec eux que lorsque
la justice voulait bien s'en mêler ; il
abandonnait alors à son intendant le
soin de ces détails obscurs et rotu-
riers. J'ai appris, quelques années
après, que ce seigneur, dont l'âme
était noble, l'esprit cultivé, les manières affables, accablé de chagrins,
délaissé de ses prétendus amis, était
mort insolvable, regretté seulement,
ou plutôt maudit par ses nombreux
créanciers.

Si mes regards eussent pu se plon-
ger dans l'avenir, avec quel chagrin
je me fusse reproché de profiter de
ses dépouilles. J'y pensai faiblement
alors. Cette idée eût empoisonné la

joie que je ressentais d'avoir maintenant les moyens d'exécuter le projet
que j'avais formé de voyager pour
avoir des nouvelles de ma mère. Les
lettres qu'elle avait écrites à Brognard,
sans donner aucun détail, indiquaient
au moins les villes où elle avait fait
quelque séjour. En les parcourant
toutes, je pouvais obtenir des renseignemens. Il en faut souvent de si faibles pour découvrir la vérité, que je
nourrissais l'espérance de réussir dans
mes recherches. Depuis cinq ans, ma
mère n'écrivait plus. Son silence pouvait être forcé, on interceptait sans
doute sa correspondance. Je suppo-
sais tout, plutôt que de m'arrêter à
l'idée que je ne la verrais jamais. Cette
idée me faisait trop souffrir; je l'éloi-
gnais, elle revenait sans cesse; j'é-
tais malheureux : je désirais de partir
pour mettre un terme à mon inquiétude.

Cependant j'aimais le marquis; je
ne voulais ni courir le danger de le
voir se refroidir pour moi en lui di-
sant qui j'étais, ni le perdre de vue.
Je me flattais que je pourrais le déter-
miner, sans lui en dire les motifs, à
diriger ses courses, quand il quitterait
Clermont, dans tous les lieux où je
désirais aller. Il m'eût pourtant af-
fligé, s'il eût voulu se mettre en route
sur-le-champ. J'attendais Henriette
et son père; il était bien difficile de
concilier des projets opposés dans
leur exécution. Rester et partir, cela
était impossible. Le séjour de Clermont ne plaisait pas extrêmement au
marquis. Il s'y trouvait deux autres
étrangers, dont on parlait plus que
de lui. L'un d'eux, surtout, affectait
un luxe effréné; il avait des heiduques
de six pieds, des musiciens en unifor-
me; il allait en voiture à six chevaux,
dans la seule rue où l'on pût rouler

carrosse; on ne s'entretenait que de sa
magnificence : mon oncle ne pouvait
pas entrer en rivalité avec lui , cela le
dépitait. « La sotte ville , disait il , où
» un petit noble de deux jours , où un
» financier insolent , parce qu'ils font
» quelque dépense , sont plus consi-
» dérés qu'un homme dont le mérite
» égale la naissance ! On ne fait cas ici
» que de l'argent. Les beaux arts y sont
» sans estime ; les neuf dixièmes des
» habitans ignorent que le grand Pas-
» cal naquit dans leurs murs : j'ai parlé
» de l'abbé Delille , à peu près leur
» compatriote ; aucun d'eux presque
» n'a lu ses vers. Sans les femmes , que
» je trouve très-jolies , qui se mettent
» bien , je lancerais un anathème con-
» tre cette ville. » Hélas ! mon pauvre
oncle l'eût trouvée délicieuse , si l'on
eût voulu ne faire attention qu'à lui.
Je tremblais que dans un accès d'humeur il ne pliât bagage , du soir au

matin. M'éloigner sans revoir Henriette ! je ne m'en sentais pas le courage. Laisser partir mon oncle sans moi, c'était me brouiller avec lui. Ma situation pouvait devenir embarrassante. Par bonheur, une promenade que nous fîmes dissipa mes alarmes. On avait vanté au marquis les environs de la ville, Royat surtout. Il voulut le voir, il en fut enchanté. Une jolie petite maison s'y trouvait à louer, il l'arrêta ; il y fit porter des meubles ; je fus ravi de cet arrangement.

J'ai promis de ne plus décrire, je ne décrirai pas ce délicieux séjour. Peintres de paysages, allez voir Royat ; choisissez-y un site à l'aventure, employez vos couleurs les plus fraîches, soyez copistes fidèles, et vous enchanterez. En nul lieu du monde, la nature ne déploya sa féconde variété dans un désordre plus enchanteur.

4*

L'art quelquefois cherche à l'imiter dans les jardins du riche ; l'art n'en approche pas. O Royat, que d'heures heureuses j'eusse passées sous tes ombrages frais, si j'eusse pu les parcourir le soir avec mon Henriette, et retrouver mes amis au retour de nos charmantes promenades !

Le marquis ne quitta point cependant le logement qu'il avait à la ville. Il s'y était fait de nombreux amis, c'est-à-dire, de ces gens à qui l'on donne ce nom sans conséquence, parce que l'on se rencontre tous les jours dans les mêmes sociétés, et que l'on a les uns pour les autres des égards mutuels. Il y avait dans le nombre des joueurs de paume. Ils s'y croyaient très-forts. Mon oncle ne se hâta pas de les désabuser, en leur prouvant qu'il l'était bien plus qu'eux. Il y trouvait son compte, et j'y trouvais le mien. Notre association durait toujours. Je faisais de la dépense, et mon trésor allait toujours en augmentant.

Jaloux de plaire au marquis, ses habitudes étaient devenues les miennes. Je faisais des armes, je montais à cheval. Elisa y montait aussi quelquefois. Nous avions un train de grands seigneurs. Je m'étais donné un valet de chambre, j'avais pris à mon service mon garçon perruquier. Sa gaîté, son esprit naturel, lui valurent la préférence sur ses concurrens. S'il fut content de moi, j'ai toujours eu lieu depuis de m'applaudir de me l'être attaché. Il avait été prevôt dans une salle d'armes, il fut mon maître d'escrime. Le marquis voulut juger de ses talens ; il lui en reconnut, il trouva qu'il avait de bons principes, il lui permit de me les enseigner. Il lui faisait quelquefois l'honneur de tirer quelques bottes avec lui ; mais il ne lui laissa jamais le plaisir de le tou-

cher. Stamati , c'était le nom du personnage , s'était fait une certaine réputation parmi les ferrailleurs auver-
gnats. Il était désolé d'être toujours
battu par un homme qu'il ne regardait
que comme un amateur. « Je touche-
» rai monsieur le marquis , disait-il en
» colère ; fût-il le diable , j'inventerai
» une botte secrète. — Invente , mon
» ami, répondait le marquis en riant. »
Le lendemain Stamati, se croyant sûr
de son coup, se présentait au combat ; il n'était pas plus heureux que
la veille. Mon oncle le consolait de sa
disgrâce en lui faisant toujours quelque cadeau.

Je recevais tous les deux jours des
lettres d'Henriette. Je ne rendrai pas
compte de cete correspondance; quelqu'intéressante qu'elle fût pour moi,
elle ne produirait pas le même effet sur
le lecteur ; j'aimais, j'étais aimé : les
protestations d'un amour réciproque ,

les doléances dictées par le chagrin
d'une séparation cruelle, n'ont rien
de bien piquant pour ceux à qui l'on
en fait part. Une passion contrariée,
les égaremens de la jalousie, ses fu-
reurs, ses transports, ses crimes
même ; voilà ce qui plaît à la lecture.
Je n'ai rien de pareil à raconter; aussi
j'aurai le bon esprit de passer rapidement sur cette partie monotone de
mon histoire.

CHAPITRE X.

Elisa.

On ne se donne pas ses goûts; on cherche quelquefois, par complaisance, à adopter ceux des autres; telle était ma position. Si j'avais pris avec facilité le ton et les habitudes du beau monde, je ne pouvais pas parvenir de même à m'y plaire. Tout me parut, le trente et quarante excepté, charmant dans les cercles, au premier aperçu. La politesse affectueuse, les égards réciproques, toutes les formes extérieures me donnaient la meilleure opinion des personnes bien élevées. Admis dans l'intimité de quelques coteries, les méchancetés d'usage, les sourdes perfidies, les médisances habituelles, me

irent rabattre de la haute idée que
'avais conçue des gens comme il faut.
e convins tout bas que mes bons bour-
eois d'Ussel leur étaient préférables,
out grossiers qu'ils étaient. S'ils ne
'aimaient pas, ils se le disaient sans
étour. Leur amitié était franche
omme leur haine, on savait à quoi
'en tenir. Je fus bientôt mécontent
u beau monde; je n'en témoignais
ien pourtant, j'avais l'air de m'a-
iuser partout où s'amusait mon on-
le. Je ne négligeais aucune occasion
de lui donner des preuves de mon
ttachement. Mes prévenances n'a-
vaient plus le moindre motif d'intérêt personnel. J'éprouvais la vérité de
ce que m'avait dit sa séduisante com-
agne : si vous l'aimez une fois, vous
ne l'aimerez pas médiocrement. Il eût
été un étranger pour moi, qu'il ne
m'en eût pas été moins cher. Il me té-
moignait tant d'amitié, il mettait tant

de délicatesse dans la manière de m'
bliger , qu'il eût fallu être le plus in
grat d s hommes pour ne pas m'
montrer sensible.

Je ne pouvais rien faire qui lui fû
plus ag éable que de témoigner d
l'attachement pour son Elisa ; cel
m'était facile. A qui n'en eût-elle pas
inspiré !

Il passait souvent des journées entières à la paume. Elisa n'allait point
dans le monde sans lui, il désirait alors
que je lui tinsse compagnie. Je ne me
plaisais qu'avec elle : avais-je un grand
mérite à condescendre aux désirs de
mon oncle ? Cependant il m'en savait
gré, comme si je lui eusse rendu un
service pénible.

Le cœur a besoin de s'épancher.
Elisa connaissait une partie de mes
secrets , je ne connaissais des siens que
son amour pour le marquis. Tout le
monde à cet égard était dans sa con-

fidence. Cet amour éclatait dans les
choses les plus indifférentes. On le lisait dans ses yeux, on en jugeait par
ses prévenances, par ses attentions,
par mille petits riens ; mais elle n'en
parlait qu'à moi. A mon tour, je lui
parlais sans cesse d'Henriette. Je lui
communiquais notre correspondance.
« Aimez-la bien, me disait-elle. Où
» trouveriez-vous un cœur comme le
» sien ? Ne parlez jamais de cet amour
» au marquis. — Pourquoi ? »

Elle gardait le silence ; elle me
priait de ne plus l'interroger ; je lui
obéissais. « Quel est, disais-je en moi-
» même, le motif d'une semblable
» prière ? Mon amour pour Henriette
» offense-t-il mon oncle ? veut-il dis-
» poser de mon cœur ? ou, par une
» bizarrerie inconcevable, veut-il être
» exclusivement aimé de ses amis ? Si
» cela est, par quelle raison, s'il croit
» mon cœur libre, me laisse-t-il si sou-

» vent tête à tête avec la plus aimable
» des femmes ? Me suppose-t-il une
» froideur stoïque, une âme insensi-
» ble aux charmes de la beauté, ou
» exige-t-il de moi les plus grands sa-
» crifices ? Ignore-t-il que l'amour est
» un sentiment involontaire, que la
» raison est impuissante pour en triom-
» pher, et que cette passion égoïste
» immole jusqu'à l'amitié même ? Je
» n'ai point de combats à me livrer
» pour résister à l'attrait d'une séduc-
» tion innocente ; Elisa pourrait me
» plaire sans que je l'eusse désiré.
» Elle est vertueuse, elle adore son
» époux, elle me le répète à tous les
» instans du jour, elle ne craint pas
» que je m'oublie, et que je l'offense
» par un aveu téméraire. Mes senti-
» mens pour une autre la rassurent,
» j'ai la seconde place dans son cœur ;
» elle m'accorde son estime, une ami-
» tié sans réserve, je suis heureux et

» calme auprès d'elle. Le ciel l'eût-il
» formée inconstante, mon âme ne
» fût-elle point enchaînée ailleurs, je
» ne deviendrais pas, j'ose le croire,
» le plus perfide des amis. Si j'en pré-
» voyais la possibilité, une prompte
» fuite me sauverait de ce danger et
» m'épargnerait la honte d'avoir à
» rougir de moi-même. »

L'intimité la plus douce, la familia-
rité la plus expansive, régnaient entre
Elisa et moi. Je la trouvais belle,
mes éloges ne lui déplaisaient pas. Je
lui rendais mille petits soins, elle les
recevait avec reconnaissance. Je ne
me permettais cependant aucune liberté avec elle, que le frère le plus
délicat ne pût prendre avec la sœur
la plus modeste. L'affection que nous
avions l'un pour l'autre ne ressem-
blait en rien à cette passion tyranni-
que que les désirs et le trouble ac-
compagnent ; mais c'était plus que de

l'amitié ; tel serait l'amour platoni-
que, s'il n'était pas le rêve de quelques cerveaux malades. Notre situation réciproque nous permettait d'er
réaliser la chimère. Il y avait pourtant quelque différence entre ma position et celle de ma trop séduisante
amie. Elle voyait tous les jours l'objet de sa tendresse, et j'étais sépare
d'Henriette. Elle pouvait plus aisément répondre d'elle, que je ne pouvais répondre de moi. J'avais cependant l'orgueil de m'en croire capable.

Un soir, à la campagne, assis l'un
près de l'autre, sous un berceau de
verdure, après avoir long-temps parle
des objets de notre amour, nous y rê-
vions encore en gardant le silence
la main d'Elisa était dans la mienne
mes yeux se fixent sur les siens, je le
vois remplis d'une douce langueur
un feu brûlant circule dans mes vei

nes ; un mouvement involontaire me
fait tomber à ses genoux. Étonnée,
interdite, elle veut me relever, sa
bouche est près de la mienne, je
cueille un baiser sur ses lèvres vermeilles : ma tête était perdue ; Elisa
se dégage doucement de mes bras.
« Chevalier, me dit-elle en riant, re-
» gardez-moi bien, je ne suis point
» Henriette. Ce baiser était pour elle ;
» je vous promets de le lui rendre un
» jour. »

Elle s'éloigne ; je ne fais aucun effort pour la retenir Je reste immobile et dans la situation d'un homme
qui se réveille sur le bord d'un préci-
pice. J'interroge mon cœur, il n'était
pas coupable. Henriette y régnait toujours en souveraine.

Elisa, le lendemain, eut la délicatesse de ne pas avoir l'air de se souvenir de mon égarement passager. Je la
revis telle qu'elle était la veille. Elle

me parla comme elle me parlait tou
jours. Sa bonté, ses prévenances fu
rent les mêmes. Elle ne me fit pas
l'outrage de craindre de ma part un
nouveau moment d'oubli ; je ne lui
donnai pas lieu à mon tour de se re-
pentir de sa confiance.

O Elisa, combien tu parus respectable à mes yeux ! combien tu le devins davantage, quand tous tes secrets me furent confiés !

Souvent je la voyais triste, rêveuse;
cela m'affligeait. « Une peine se-
» crète vous tourmente, lui dis-je un
» jour ; je vous ai confié les miennes,
» vous me cachez les vôtres ! — Que
» voulez-vous savoir ? — Tout ce qui
» vous intéresse. — S'il était en votre
» puissance d'adoucir mes maux,
» croyez que je vous en eusse fait part;
» il est si doux d'épancher son âme
» dans le sein d'un ami ! j'ai besoin de
» votre estime... Si je vous inspire

» quelque intérêt, ne cherchez point
» à découvrir ce que je dois vous
» taire. »

Nous restons sans parler l'un et
l'autre. Après quelques minutes de silence, je hasarde une question que
je crois indifférente. Je voulais rame-
ner la conversation sur le marquis,
elle aimait à m'entendre faire son
éloge, et je trouvais du plaisir à lui
rendre justice.

« Y a t-il long-temps, lui dis je,
» que vous êtes mariée? —Mariée! »
Une rougeur subite couvrit son front.
Des larmes involontaires roulèrent
dans ses yeux ; elle se détourna pour
me les cacher.

Je fus au désespoir de mon indiscrétion. Je soupçonnai, pour la première fois, ce qui ne m'était jamais
venu dans l'esprit. Elisa souffrait ; je
souffrais plus qu'elle.

« Vous savez maintenant, ajouta-

» t-elle, la partie plus importante de
» mon secret... Le charme qui m'a
» parée à vos yeux jusqu'à ce mo-
» ment, s'évanouit sans retour. Vous
» respectiez l'épouse du marquis de
» Bellegrade, sa maîtresse ne vous
» paraîtra plus digne des mêmes
» égards. Chevalier, me dit-elle en
» me prenant les mains, en faisant
» presque un mouvement pour se
» jeter à mes pieds, ne me méprisez
» pas, j'en mourrais de douleur. —
» Moi, vous mépriser ! grands dieux !
» que je serais vil, si j'en étais capa-
» ble ! — Conservez-moi votre inno-
» cente amitié ; si je la perdais, j'au-
» rais tout perdu. Croyez, cepen-
» dant, que si l'on peut me refuser de
» l'indulgence, je mérite au moins
» d'inspirer de la compassion. J'en ai
» trop dit pour ne pas vous donner
» des détails nécessaires pour ma jus-
» tification, si elle est possible ; dai-
» gnez m'entendre, et jugez-moi. »

« Je fus, en naissant, dévouée à l'in-
» fortune. Ma mère perdit la vie en
» me la donnant. Je dois le jour à un
» conseiller au parlement de Tou-
» louse. Son caractère froid et impas-
» sible comme les lois dont il est l'or-
» gane, sa figure austère et sans mo-
» bilité, ses manières sèches et dures,
» son langage dépourvu d'agrément,
» ne le rendaient propre qu'à la charge
» qu'il exerce. Pourquoi se mariait-
» il ? le ciel devait-il lui accorder la
» douceur d'être époux et d'être père?
» Ma mère était belle ; il était le seul
» qui eût semblé l'ignorer ; elle fut
» vertueuse, il ne lui en tint aucun
» compte. Rigide observateur des for-
» mes, il l'eût accusée devant les tri-
» bunaux, si elle se fût écartée de ses
» devoirs ; elle les remplissait, il n'a-
» vait point à se plaindre, il ne se
» plaignit pas. Il eût cru déroger à la
» gravité de ses principes, s'il lui eût

» dit un mot agréable. Il est vrai qu'il
» ne lui fit jamais la moindre querelle.
» Il n'était ni avare, ni dissipateur;
» il ne lui faisait aucun cadeau, mais
» il ne lui refusait pas ce que sa for-
» tune le mettait à même de lui don-
» ner. Pourvu qu'elle se levât à sept
» heures du matin, qu'elle eût soin
» d'ordonner que le dîner fût prêt
» quand il sortait de l'audience,
» qu'elle fût couchée à dix heures
» du soir; elle pouvait faire tout ce
» qui lui plaisait. On croyait cepen-
» dant qu'il avait plus d'amour pour
» elle qu'il n'en faisait paraître. Elle
» fut malade, elle succomba à sa
» maladie; on prit des précautions
» pour lui annoncer sa mort; il en re-
» çut la nouvelle avec autant de sang-
» froid qu'il eût prononcé, sur les
» fleurs de lis, la sentence d'un cri-
» minel. — J'en suis fâché, dit-il
» mais mourir est une loi de la na-

» ture ; quand l'arrêt est rendu , il
» faut qu'il s'exécute. C'était là son
» protocole ordinaire. »

« Resté veuf avec trois enfans, dont
» j'étais la plus jeune , il mit à la tête
» de sa maison une espèce de gouver-
» nante , pour remplacer ma mère
» dans les soins domestiques. Il avait
» en elle la plus aveugle confiance.
» J'ai toujours cru qu'elle avait le pro-
» jet de se faire épouser. J'ignore si
» mon père eût jamais l'intention de
» consentir aux désirs de sa gouver-
» nante ; il était difficile de deviner ce
» qu'il pensait. On les a soupçonnés
» d'être unis en secret, sans en avoir
» jamais la certitude. Toutefois , ma-
» demoiselle Choquet était l'arbitre
» de ma destinée et de celle de mes
» frères. On les mit en pension ; je les
» connais à peine. On me fit appren-
» dre à travailler. Dès que je fus en
» état de manier une aiguille , je fus

» chargée de tenir le linge en bon
» état. Mademoisselle Choquet me
» donnait ma tâche tous les matins ;
» si elle n'était pas faite à l'heure
» dite, j'étais maltraitée. M'en plai-
» gnais-je à mon père, il me répondait
» tranquillement : il faut corriger les
» enfans paresseux ; mademoiselle
» Choquet exécute mes ordres. L'oi-
» siveté est la mère de tous les vices ;
» allez, mademoiselle, allez vous re-
» mettre à l'ouvrage. »

« Je devins grande ; ma gouvernante
» n'osa plus me traiter comme une
» enfant. Elle voulait m'éloigner de
» la maison ; elle me conseilla de me
» faire religieuse : je lui ris au nez.
» Elle prit une autre voie pour me per-
» dre. Elle espéra, en me laissant jouir
» d'une liberté entière, que j'en abu-
» serais. Elle connaissait mon père,
» il ne m'eût point pardonné la plus
» légère faute : je n'avais point le dé-

» sir d'en commettre. Je vis le piége,
» et je déjouai les projets de mon ar-
» tificieuse ennemie. J'étais pourtant
» plus heureuse alors que je ne l'a-
» vais jamais été. Je m'étais liée avec
» plusieurs jeunes personnes de ma
» condition ; j'allais avec elles, sous la
» conduite de leurs mères, dans des
» sociétés choisies ; ce fut là que je vis,
» pour la première fois , le marquis
» de Bellegrade. Il attirait tous les re-
» gards ; les jeunes gens le prenaient
» pour modèle ; les femmes, celles
» au moins qui ne craignaient pas de
» s'afficher , désiraient faire sa con-
» quête ; les autres , et j'étais de ce
» nombre , redoutaient ses homma-
» ges. On lui faisait l'honneur de
» publier qu'il n'avait point trouvé
» de cruelles. Malheur à la jeune
» personne qu'il avait distinguée !
» elle était perdue de réputation. Je
» frémis lorsque je le vis s'attacher à

» mes pas. Je connaissais son rang,
» sa fortune, je ne m'abusai point ;
» je ne pouvais pas me flatter de
» devenir sa femme, je résolus d'en
» agir avec lui de manière à ne point
» passer pour être sa maîtresse. Plus
» il mettait d'empressement à me
» poursuivre, plus je mettais de soin
» à l'éviter. Malgré toutes mes précau-
» tions pour ne pas fournir de pré-
» texte à la calomnie, elle commen-
» çait cependant à m'atteindre. Il était
» impossible, disait-on, que je fusse
» rebelle aux vœux d'un homme aussi
» séduisant que lui : on m'accusait de
» dissimulation. Je n'aimais point le
» marquis ; je l'eus en horreur. Son
» amour me rendait malheureuse. Je
» pris le parti de sortir rarement. Hé
» bien, dans tous les lieux où j'allais,
» le marquis s'offrait à mes regards.
» Ses lettres me poursuivaient partout,
» j'en trouvais dans ma chambre, dans

» mon sac à ouvrage , dans mon livre
» de prières ; j'étais au désespoir. Pour
» y mettre le comble, un ami de
» mon père, plus âgé que lui, moins
» aimable encore , et veuf depuis
» quinze ans, perdit un fils unique.
» Il ne voulait pas laisser sa fortune
» à des collatéraux, avec lesquels
» il était brouillé depuis long-temps.
» Pour leur ôter l'espérance de l'a-
» voir malgré lui, ses biens étant
» substitués, il lui fallait un héritier
» de son chef. Il ne m'aimait point,
» mais je lui parus propre au dessein
» qu'il avait. Il s'en ouvrit à mon
» père. Mon mariage fut conclu,
» les stipulations en furent faites , et
» les dispenses obtenues dans le plus
» bref délai. On ne jugea pas même
» à propos de me parler de l'affaire,
» tant on soupçonnait peu que je pusse
» improuver un tel arrangement. »

« Une heure avant la signature du

» contrat, mon père me fit dire de
» passer dans son cabinet. Son ami
» allait en sortir ; il me salue et me
» donne un baiser sur le front. Je ne
» m'attendais pas à cette galanterie
» de sa part, je ne savais à quoi l'at-
» tribuer. Je lui fais une profonde ré-
» vérence en étouffant un éclat de
» rire. Sa figure grotesque ne m'avait
» jamais paru si originale. Il se re-
» tire, je regarde mon père. Asseyez-
» vous, me dit-il, en me montrant
» une chaise placée auprès de son
» fauteuil. Je m'assieds et j'attends en
» silence ce qu'il peut avoir à me
» dire. Alors il me débite un long dis-
» cours sur les devoirs d'une femme,
» sur sa soumission envers son époux.
» Je l'écoutais, étonnée de l'exorde ;
» j'attendais impatiemment qu'il dai-
» gnât conclure. Où voulait-il en ve-
» nir ? cela m'inquiétait. Enfin il s'ex-
» pliqua d'une manière positive. —

» Elisa, me dit-il, dans une heure
» vous serez l'épouse de mon ami
» M. de Bretonvilain. — Dans une
» heure !—Oui, les deux familles sont
» convoquées à cet effet. Voilà vo-
» tre contrat de mariage tout dressé
» sur mon bureau ; vous en enten-
» drez la lecture quand tout le monde
» sera réuni. Qu'il vous suffise de sa-
» voir que j'ai stipulé vos intérêts
» avec toute la prudence requise en
» semblable matière. On ne se marie
» pas pour un jour, on se marie pour
» tout le temps de la vie de l'un des
» deux futurs conjoints. Tous les cas
» sont prévus, tant celui de votre dé-
» cès, que celui dudit Bretonvilain.
» Il vous avantage et vous assure un
» douaire, dans la supposition où il
» viendrait à mourir sans enfans.—
» Certainement je n'aurai pas d'en-
» fant de M. Bretonvilain. — Il a eu
» un fils de sa première épouse. Il est

5 *

» vrai qu'il n'en a pas eu d'autre d'elle,
» attendu qu'elle mourut au onzième
» mois de son mariage.—J'en suis fâ-
» chée pour la race des Bretonvilain,
» mais je vous jure que je n'aurai pas
» l'honneur de la perpétuer. — Lais-
» sons les mauvaises plaisanteries,
» Elisa; vous savez bien que je ne
» ris jamais.—Je vous parle aussi très-
» sérieusement, mon père, et je vous
» déclare que je n'épouserai point M.
» Bretonvilain. — Vous vous alarmez
» à cause de la substitution. Sachez
» que du fruit de ses économies il a
» fait des acquêts dont il peut dispo-
» ser, qu'il possède en outre les biens
» de sa femme, dont son fils était hé-
» ritier, et dont il a hérité à son tour
» par droit d'ascendance ; qu'enfin ,
» il vous assure le tout : ainsi soyez
» sans inquiétude. — Eût-il tous les
» trésors du monde, je vous déclare
» de nouveau, avec tout le respect

» que je vous dois, que je n'épouserai
» pas M. Bretonvilain. —Vous l'épou-
» serez.—J'aimerais mieux mourir.—
» Vous ne mourrez point, et vous se-
» rez sa femme.—Mon père, je tombe
» à vos genoux, ne me sacrifiez point;
» au nom du ciel, ayez pitié de mon
» désespoir !— Elisa, on ne m'atten-
» drit point par des larmes. — Que
» faut-il faire pour désarmer votre
» rigueur ?—Obéir et vous taire. »

« Je suffoquais, la colère me do-
» minait, je me contins pourtant. Je
» voulus tenter un dernier effort pour
» l'émouvoir ; la douleur me rendait
» éloquente : il m'imposa silence. —
» Discours inutiles, ajouta-t-il ; cela
» est décidé, j'ai prononcé l'arrêt, il
» est irrévocable. »

« Il me prend par la main, me
» conduit hors de son appartement.
» Je le fixe, sa figure était calme. —
» Montez à votre chambre, reprit-il ;

» vous y mettrez les ajustemens que
» j'ai ordonné d'y porter, pendant
» notre entretien. Habillez-vous, et
» soyez prête dans une heure. »

« Je n'ai point de père, m'écriai-je
» au comble du désespoir, je n'ai
» qu'un tyran sans entrailles ! il m'im-
» mole avec une froide barbarie; il ne
» veut que se défaire de moi, il sera
» satisfait; il ne me verra plus. »

« Je m'échappe à l'instant de la
» maison de mon père. Elle était à
» l'extrémité de la ville, et très-éloi-
» gnée de la rivière. C'est de ce côté
» que je dirige mes pas. Ma résolu-
» tion était prise, je voulais mourir.
» Pour cacher mon trouble, pour n'ê-
» tre point reconnue, je baisse mon
» voile. J'avance toujours sans res-
» sentir la moindre crainte, sans chan-
» ger de résolution. J'éprouvai même
» un sentiment de joie en appro-
» chant du terme de ma course. Je

» n'avais vu aucun des êtres circu-
» lans dans les rues. Je me souviens
» qu'à l'entrée du pont, je me dé-
» tournai pour une voiture entourée
» de beaucoup de monde. Je m'appro-
» che du parapet ; la rivière était
» grosse, elle était agitée par les vents;
» une frêle barque, détachée de la
» rive, abandonnée au courant, vient
» se heurter contre une arche; elle
» est engloutie dans les flots : c'est
» ainsi, dis-je avec amertume, que je
» vais disparaître aux yeux de mes
» cruels tyrans. »

« Je m'élance en prononçant ces
» paroles. Mon corps était plus d'à-
» moitié penché sur l'abîme, quand
» je me sens retenue par mes habits.
» Je fais un effort en avant, il est
» inutile. Mes pieds touchent bien-
» tôt la terre, que je croyais avoir
» quittée pour toujours. Je me débats,
» mais en vain ; deux bras vigoureux

» me retiennent. Je me retourne, je
» lève mon voile, je reconnais le mar-
» quis de Bellegrade.—Malheureuse!
» dit-il, qu'alliez-vous faire? — Ah!
» par pitié, lui criai-je, laissez-moi,
» laissez-moi mourir! je n'ai plus d'a-
» sile au monde, le tombeau seul peut
» m'en présenter un. »

« Cependant beaucoup de person-
» nes étaient accourues, et me regar-
» daient avec cette avide curiosité
» qu'excite toujours un événement
» extraordinaire. Mes vêtemens étaient
» déchirés. Mon trouble, ma honte,
» mon désespoir, ne peuvent plus s'ac-
» croître. — C'est ma sœur, ma mal-
» heureuse sœur, répétait sans cesse
» le marquis à la foule dont nous
» étions pressés. »

« Je veux parler, mes forces m'a-
» bandonnent, mes yeux se ferment;
» je m'imagine que la nature vient à
» mon secours, que j'expire; et cette

» idée me console en perdant l'usage
» de mes sens. »

« Jamais étonnement ne fut égal au
» mien, lorsque mes yeux se rouvri-
» rent au jour. Le souvenir du passé
» ne s'offrit point d'abord à ma mé-
» moire. J'étais sur un lit, dans un
» appartement nouveau pour moi ;
» des êtres inconnus m'entouraient ;
» la bienveillance était peinte dans
» leurs traits et dans leur attitude.
» — Elle est mieux maintenant, dit
» une voix dont je fus frappée, re-
» tirez-vous, laissez-moi seul avec
» elle. »

« La voix que j'avais entendue, ve-
» nait de quelqu'un placé derrière
» moi au chevet du lit, qu'on avait
» approché d'une fenêtre. Mes re-
» gards découvrent une vaste campa-
» gne ; je me tourne du côté d'où par-
» tait l'ordre qu'on avait exécuté ; je
» reconnais le marquis, je le fixe d'un

» air effrayé. Il met un genou en
» terre, prend une de mes mains. —
» Elisa, me dit-il avec douceur, par-
» donnez-moi de vous avoir sauvée ;
» ne me regardez point comme un
» nouveau persécuteur ; ne voyez en
» moi qu'un ami respectueux, un es-
» clave soumis , prêt à se rendre à
» vos moindres désirs. »

« Ces mots retracent rapidement à
» ma pensée les scènes tumultueuses
» d'une matinée cruelle. Des larmes
» involontaires s'échappent de mes
» yeux. Je les avais contenues en sor-
» tant de la maison de mon père: était-
» ce à cet effort que j'avais dû cette
» exaltation qui m'avait conduite à
» courir à la mort , à l'envisager sans
» effroi , à la désirer même ? Mes
» pleurs me soulagèrent. Le premier
» sentiment que j'éprouvai, fut celui
» de la reconnaissance pour mon libé-
» rateur. Je levai les yeux au ciel pour

» lui demander grâce d'avoir voulu
» attenter à ma vie ; je les portai en-
» suite sur le marquis; il n'avait point
» changé de position : il tend vers moi
» une main suppliante , l'autre n'a-
» vait point quitté une des miennes ;
» j'étais alors à demi-levée ; il fait un
» léger effort pour m'attirer à lui, et je
» laisse tomber ma tête sur son épaule.
» Je vous le jure, mon ami , j'oubliai
» dans ce moment que le marquis
» m'avait toujours causé de l'effroi ;
» aucun sentiment d'amour ne me
» parlait pour lui , mes sens étaient
» muets ; je répondais à ses empres-
» semens avec la candeur de l'inno-
» cence. Ce n'était plus un homme à
» mes yeux , c'était un être supérieur
» à tous ceux de son espèce , c'était
» l'arbitre de ma destinée : il ne me
» restait plus que lui dans l'univers.

  » Où sommes-nous? lui dis-je enfin.
» —A six lieues de Toulouse.—Hélas !

» j'ai donc été long-temps sans con-
» naissance ? — Près de quatre heures.
» — Toujours seule avec vous ! — Mon
» médecin était dans ma voiture. Le
» mouvement ne pouvait que vous être
» favorable , et j'y trouvais l'avantage
» de vous éloigner de vos ennemis. —
» Ils ne me poursuivront pas. Que j'aie
» cessé de vivre ou que j'existe encore,
» cela leur est indifférent ; ils ne dési-
» rent que de ne plus me voir. — Je
» m'en réjouis; ils avaient résolu votre
» malheur ; si j'en eusse été instruit
» plus tôt, j'y aurais mis obstacle, sans
» exiger de vous aucune reconnais-
» sance. — Par quel miracle m'avez-
» vous arrachée à la mort? — Ah ! oui ,
» oui, c'est un miracle. Ne pouvant
» ni fléchir votre rigueur , ni vous
» oublier , j'avais pris la résolution
» d'élever entre vous et moi une bar-
» rière insurmontable. L'absence , un
» autre objet, me disais-je, me gué-

» riront d'une passion insensée. Je
» partais ce matin pour exécuter cette
» résolution, que le chagrin m'avait
» fait prendre; le ciel, oui, le ciel,
» qui avait pitié de mes peines, qui
» prévoyait que, sans vous, je serais
» malheureux, permet que, sur ce pont
» même, où vous alliez chercher un
» terme à vos maux, une roue de ma
» berline sorte de son essieu; je saute
» à bas de ma voiture : une femme
» s'offre à mes yeux; c'était vous, Elisa.
» Vous passez près de moi sans me
» voir; votre voile était baissé; mais
» je vous reconnais. Votre marche
» précipitée, l'agitation de vos mou-
» vemens, me frappent et m'épouvan-
» tent. L'amour, un pressentiment se-
» cret me font accélérer mes pas. Vous
» avancez vers le parapet du pont:
» je frémis, je crois deviner votre fu-
» neste projet; je m'élance : encore
» une seconde, et j'arrivais trop tard.

» Je vous saisis par vos vêtemens, ils
» se déchirent dans ma main; mais
» l'autre était déjà passée autour de
» votre corps. J'ai vu l'instant, hélas !
» où vous rendiez mes efforts impuis-
» sans. J'ai usé de toute ma force ; je
» vous ai enlevée dans mes bras. Les
» flots ne vous eussent point ravie à
» mon amour ; je me serais précipité
» dans le fleuve en même temps que
» vous. Je vous eusse sauvée, ou je
» serais mort heureux, en vous tenant
» pressée contre mon sein. »

« Un si généreux dévouement, des
» paroles si tendres, portèrent mon
» émotion au comble. Que des êtres
» glacés, que des moralistes austères
» me blâment; je l'avouerai sans honte,
» j'abjurai dans cet instant la haîne
» que le marquis m'avait toujours ins-
» pirée. Quelle jeune personne à mon
» âge, je n'avais pas encore dix-sept
» ans, eût pu voir son libérateur, le

» plus beau des hommes, suppliant à
» ses pieds, et rester inflexible!

« Le médecin rentra alors, je le
» connaissais de vue; il savait à son
» tour qui j'étais. Je me couvris le vi-
» sage de mes deux mains.—Si vous
» étiez coupable, mademoiselle, me
» dit ce galant homme, ma présence
» pourrait vous importuner; je n'i-
» gnore pas la conduite de votre gou-
» vernante envers vous : abusant de
» l'indifférence de votre père sur le
» sort de ses enfans, ne songeant qu'à
» ses intérêts, nourrissant des projets
» coupables, que n'a-t-elle pas tenté
» pour vous perdre? Ses artifices n'ont
» pas eu le succès qu'elle osait en at-
» tendre; personne ne le sait mieux que
» monsieur le marquis. Il n'a point
» cherché à corrompre cette femme
» vile; instruite de l'amour qu'il avait
» pour vous, elle vous eût livrée dans
» ses bras, s'il eût voulu employer la

» violence pour vous posséder. Il se
» servit d'elle pour vous faire parvenir
» ses lettres ; elles étaient respectueu-
» ses. Il ne vous fit point de promesses
» illusoires. S'il n'est point dans la dé-
» pendance absolue de son père, il en
» est si tendrement chéri, qu'il lui
» lui doit au moins des égards. Ce
» n'est qu'avec le temps qu'il peut es-
» pérer de le faire consentir à un
» mariage disproportionné, sous le
» rapport de la fortune. Il a eu la dé-
» licatesse de vous le dire. Il se flattait,
» avec de la persévérence, de vaincre
» les obstacles que votre union ren-
» contrerait. Ce qu'il vous écrivait,
» il le pense encore ; il ne cherche
» point à vous abuser, il vous jure un
» amour éternel; il m'a fait le serment
» de n'avoir jamais d'autre épouse que
» vous. Je l'ai vu, dans des choses in-
» différentes, toujours fidèle à sa pa-
» role; il n'y manquera pas lorsqu'il

» y va de votre honneur et de votre
» vie. Il connaît l'énergie de votre ca-
» ractère ; il ne vous a pas arrachée
» à la tombe pour vous y précipiter
» ensuite de sa main. Vous ne vous
» êtes point donnée à lui, il ne l'ou-
» bliera pas. Votre situation, l'un vis-
» à-vis de l'autre , est telle qu'il ne
» s'en rencontra jamais de semblable.
» Mille jeunes imprudentes se sont
» fiées à la foi des sermens , elles ont
» été les victimes de leur crédulité ;
» elles pouvaient le craindre. Ici tout
» est différent , rien ne fut concerté
» entre vous. Il n'y a eu ni séduction,
» ni violence de sa part, il n'y a eu
» ni faiblesse, ni consentement de la
» vôtre. Le marquis vous a arrachée
» à la mort. Si cette action naturelle
» ne lui donne aucun droit sur vous,
» il en a du moins à votre reconnais-
» sance. Lui fera-t-on un crime de
» vous avoir sauvé la vie ? Qui peut

» vous blâmer de vous trouver, sans
» l'avoir voulu , sous sa protection ?
» S'il abusait d'un hasard favorable à
» ses désirs, il s'avilirait ; il en est in-
» capable. Vous êtes plus libre dans
» cet instant que vous ne le fûtes ja-
» mais. Je vous déclare , de sa part ,
» que je suis prêt à vous conduire par-
» tout où vous voudrez aller. Quel
» que soit l'asile que vous aurez
» choisi, il vous y assure un sort in-
» dépendant. En voilà la promesse
» écrite de sa main ; je l'ai prise pour
» vous la remettre. Si vous vous sépa-
» rez de lui, vous le rendrez le plus
» malheureux des hommes ; mais ne
» craignez aucun reproche, aucune
» nouvelle persécution de sa part; vous
» ne le verrez plus, vous n'entendrez
» plus même prononcer son nom ; il
» souscrira à tout ce que vous ordon-
» nerez. Je ne vous donne aucun
conseil ;

» conseil ; tournez vos yeux sur lui,
» prononcez : il attend son arrêt.

   » Cet homme si fier, si redoutable,
» tremblait devant une jeune fille
» sans défense. La noblesse de ses
» procédés, fit sur moi l'impression la
» plus vive. Son regard avait une ex-
» pression si touchante, j'étais si re-
» connaissante de ce qu'il avait fait
» pour moi, de ce qu'il voulait faire
» encore, qu'il m'eût été impossible
» de l'affliger. Je souris, je déchirai
» sa promesse, je lui tendis la main ; il
» la couvrit de baisers ; je la sentis
» mouillée de ses larmes. Je me repro-
» chais intérieurement ma condescen-
» dance à ses désirs ; sans doute j'au-
» rais dû fuir, rejeter ses dons, me
» créer des ressources, vivre de mon
» travail : la raison me le disait en-
» core ; il était trop tard pour enten-
» dre sa voix. Ma sensibilité avait été
» exaltée, mon cœur éprouvait pour

II.   6

» la première fois un sentiment qui
» lui était inconnu. Enfin, si le mar-
» quis m'aimait, je commençais à
» sentir que je l'aimais à mon tour,
» et je me flattais d'avoir toujours
» autant d'empire sur lui qu'il sem-
» blait vouloir m'en accorder. Sa dou-
» ceur, sa générosité, son respect, fu-
» rent des séductions auxquelles je
» n'eus pas la force de résister. »

« Pendant qu'il me parlait, le mé-
» decin se retira. Je le vis sortir, et je
» ne le rappelai point. Un instant
» après, Champagne vint annoncer
» que les chevaux étaient attelés à la
» berline; que le docteur avait trouvé
» une occasion pour retourner à Tou-
» louse, et qu'avant de partir, il avait
» déclaré que j'étais en état de me
» remettre en route. Une jeune de-
» moiselle, la fille de l'aubergiste, ap-
» porta un bouillon; le marquis me
» l'offrit, je l'acceptai: la jeune per-

» sonne m'invita de la manière la plus
» engageante à vouloir bien mettre
» une de ses robes, pour remplacer la
» mienne absolument déchirée ; j'hési-
» tais à recevoir ce service d'une incon-
» nue. —Ma sœur, me dit le marquis,
» acceptez l'offre de mademoiselle ;
» elle a vu, quand vous êtes arrivée
» ici, le mauvais état où la chute que
» vous aviez faite avait mis votre ha-
» billement ; elle a désiré vous être
» utile dans cette circonstance ; je
» l'ai remerciée pour vous de son hon-
» nêteté. Vous êtes toutes les deux à
» peu près de la même taille, elle en a
» fait la remarque, et vous devez lui
» savoir gré de son attention. Je vous
» laisse un moment ensemble. »

« Mademoiselle, me dit la jeune
» personne, en m'aidant à m'habiller,
» monsieur votre frère met trop d'im-
» portance au léger service que je
« voulais avoir le plaisir de vous ren-

» dre, sans aucun motif d'intérêt ; il
» a cru m'en devoir un dédommage-
» ment, et il m'a forcée d'accepter
» une bague, d'un prix bien au-des-
» sus de la valeur de ce modeste vête-
» ment. Vous devez bien aimer mon-
» sieur votre frère. Vous étiez sans
» connaissance quand on vous a
» transportée dans notre maison ; il
» était au désespoir : on le rassurait
» en vain sur votre état ; il ne s'est cal-
» mé que lorsque vos yeux se sont
» rouverts à la lumière. Il est diffi-
» cile d'être plus bel homme que
» monsieur votre frère ; mais je crois
» que son cœur vaut encore mieux que
» sa figure. »

« O que l'amour fait de rapides
» progrès dans peu d'instans ! J'avais
» entendu cent fois, avec indifférence,
» faire l'éloge du marquis ; les dis-
» cours de cette jeune personne me
» charmèrent. »

« Lorsque ma toilette fut achevée,
» le marquis vint me demander si je
» me trouvais assez bien pour partir.
» Je lui répondis par une inclination
» de tête. — Mon aimable sœur, me
» dit-il, acceptez ma main. Elle trem-
» ble dans la mienne ! est-ce que je
» vous inspire encore de l'effroi ! —
» Non, mon frère, je ne tremble pas,
» je suis émue. »

« Avec quelles attentions délicates
» ne chercha-t-il pas à dissiper tou-
» tes les craintes que la situation où je
» me trouvais pouvait faire naître
» dans mon esprit ! Si sa politesse
» était affectueuse, sa réserve était
» extrême. J'étais timide, je ne ré-
» pondais d'abord à ses questions que
» par des monosyllabes ; insensible-
» ment nous causâmes, et quand nous
» descendîmes de voiture à Carcas-
» sonne, pour y passer la nuit, je me
» croyais aussi en sûreté dans sa dé-

» pendance, que s'il eût été réelle-
» ment mon frère. »

« Il me fit donner un appartement
» séparé. Les égards qu'il avait pour
» moi m'attirèrent ceux des person-
» nes qui nous servaient. Fidèle aux
» convenances, attentif à choisir ses
» expressions, à contraindre ses re-
» gards, il ne laissait voir que le frère
» tendre ; l'amant ne se montrait pas
» même dans le tête à tête. »

« Le lendemain matin, les meil-
» leurs ouvriers de la ville étaient
» employés à me faire une garde-robe
» complète. Pour éloigner les soup-
» çons désavantageux pour moi que
» l'on aurait pu concevoir de tous
» les achats qu'il faisait, il leur don-
» nait pour motif la nécessité de ré-
» parer l'oubli que des domestiques
» négligens avaient fait de la malle
» dans laquelle mes effets étaient
» contenus. Il désolait les marchands;

» il les trouvait mal fournis; il ne
» voyait rien dans leurs magasins d'as-
» sez beau pour moi. Je me plaignais
» de sa prodigalité.—Ma petite sœur,
» me disait-il, je suis votre aîné ; vous
» me devez un peu d'obéissance. Il
» fallut consentir à tout ce qu'il vou-
» lait.

« Il prenait chaque jour plus d'em-
» pire sur mes volontés. Il allait au-
» devant de tout ce qui pouvait me
» plaire. Un refus de ma part lui eût
» fait de la peine ; je craignais de le
» désobliger ; je me parais de ses dons,
» j'y trouvais du plaisir, parce qu'il
» me savait gré de ma condescen-
» dance. Toutes mes appréhensions
» avaient disparu ; il avait cessé de
» m'inspirer de la défiance. Je jouis-
» sais de toute la félicité que procure
» un rêve enchanteur, dont on ne
» prévoit pas la fin ; l'avenir ne s'of-
» frait point à ma pensée. Si j'éprou-

» vais quelque chagrin, c'était lors-
» que le marquis s'éloignait quelques
» instans de moi ; il revenait, la joie
» brillait dans mes yeux. Ma bouche
» ne lui disait pas : je vous aime ; mes
» regards, mes prévenances involon-
» taires, mon silence même, tout le
» lui prouvait. Que vous dirai-je enfin,
» chevalier ? au bout de deux mois,
» je n'étais plus sa sœur, j'étais son
» Elisa. »

« Quelle différence de ces jours si
» tristement écoulés dans la maison
» de mon père, à ceux que je passais
» avec cet homme aimable ! Beau
» temps de ma vie, ne reviendrez-
» vous plus ? Moins éprise de lui que
» je ne l'étais, j'eusse pu me plaindre
» de ces soupçons sans motif, de ces
» inquiétudes vagues dont il était sans
» cesse tourmenté. Il me dérobait à
» tous les yeux ; je ne m'en doutais
» pas, je ne me plaisais qu'avec lui.

» Je ne trouvais longs que les momens
» de son absence. Je les occupais à
» cultiver les arts qu'il aime. J'y fai-
» sais des progrès rapides, et son suf-
» frage était le seul que j'ambition-
» nais. Nous vécûmes ainsi l'un pour
» l'autre une année entière. Combien
» elle me sembla courte ! »

« Un jour, jour cruel à mon sou-
» venir ! il m'aborde en riant. — On
» prétend, me dit-il, que je suis vô-
» tre tyran. — Oui, lui répondis-je,
» si l'amour que l'on inspire est une
» tyrannie. — Aussi déraisonnable,
» reprit-il, que les sultans de l'Asie,
» c'est, dit-on, en vous privant de
» tous les plaisirs de votre âge, que
» je cherche à vous prouver ma ten-
» dresse. Mon orgueil s'indigne à cette
» pensée. Eh quoi ! je ne devrais
» votre fidélité qu'à l'impuissance où
» vous seriez de me trahir ! elle se-
» rait le fruit de la contrainte ! Ne

6 *

» sentez-vous pas l'outrage que l'on
» nous fait à l'un et à l'autre en
» osant le publier ? — De vains pro-
» pos n'altéreront pas notre bon-
» heur. — Il importe à mon honneur
» de les faire cesser. Vous ne con-
» naissez pas le monde, Elisa ; un
» ridicule y ternit la réputation d'un
» galant homme. C'en est un que
» d'être jaloux ; je ne le fus jamais.
» Enfin, je ne veux pas que l'on vous
» plaigne et que l'on m'accuse plus
» long-temps de vous rendre malheu-
» reuse. Ce brillant chevalier de
» l'Angle, le seul homme que j'aie
» admis dans mon intimité, a eu l'oc-
» casion de vous voir quelquefois ; il
» ne me persiflera plus sur le soin
» qu'il prétend que j'ai pris de l'éloi-
» gner de vous. Il paraissait, vous
» vous retiriez ; ce sont mes ordres,
» dit-il, que vous exécutiez. Vous en
» ai-je jamais donné de pareils ? en

» donne-t-on à celle que l'on aime ?
» On cherche à lui plaire. Vos désirs
» étaient d'accord avec les miens.
» Devais-je vous contraindre à renon-
» cer à vos goûts paisibles ? Hé bien,
» je ne vous ordonne pas , mais je
» vous prie de consentir à ce que je
» vous conduise dans la société; mon
» amour-propre y jouira des homma-
» ges de mes rivaux. Sûr de votre
» cœur, je ne crains pas qu'ils me
» le ravissent. De l'Angle en a conçu
» sans doute le projet. Il vous trouve
» belle ; il m'offenserait s'il ne vous
» rendait pas justice. Il ne dira plus,
» au moins, que c'est parce que je re-
» doute tout le monde , que je ne re-
» çois personne. Il est aimable , spiri-
» tuel, galant; il cherchera à vous
» plaire. Il est mon ami, il vous croit
» mon épouse, il ne se ferait pour-
» tant aucun scrupule de vous rendre
» infidèle ; je lui permets de l'entre-

» prendre ; il ne doute point de son
» triomphe; il mérite d'être puni de sa
» témérité. »

« Bien jeune encore et sans expé-
» rience, je savais lire dans l'âme du
» marquis. Alors, comme à présent,
» je devinais sa secrète pensée. Sou-
» vent son front est calme, mais son
» regard incertain et le ton de sa
» voix le trahissent. Il s'imagine que
» le ciel l'a doué d'une force de ca-
» ractère, que n'a pas le commun des
» hommes. Il se croit capable d'im-
» poser silence à ses passions. S'il
» souffre il dissimule sa peine, et
» c'est là que se borne ce grand em-
» pire qu'il prétend avoir sur lui-
» même. Je ne doutai point qu'il ne
» fût très-jaloux du chevalier de l'An-
» gle, qu'il avait l'orgueil de n'en pas
» convenir, et qu'il ferait les plus
» grands efforts pour cacher sa fai-
» blesse. Je feignis, par complaisance,

» d'adopter la résolution qu'il avait
» prise de renoncer à notre manière de
» vivre. J'espérais qu'il y reviendrait
» bientôt ; mes réflexions furent rapi-
» des ; mais en montrant une défé-
» rence entière à ses volontés, je vou-
» lais en même temps dissiper ses in-
» quiétudes. »

« Hé bien, lui dis-je gaîment, qu'il
» paraisse cet homme, si sûr de vain-
» cre ! il ne vous causera pas long-
» temps de l'ombrage. — Il ne m'en
» cause pas le moindre, je le jure. Il
» dîne avec nous aujourd'hui, rece-
» vez-le poliment. S'il était mécontent
» de l'accueil que vous lui ferez, il s'i-
» maginerait que ce serait encore par
» mes ordres que vous en agiriez
» ainsi. Je veux qu'il cesse de me ca-
» lomnier. »

« Il me présenta le chevalier de
» l'Angle. Le dîner fut très-gai. Je
» ne m'attendais pas que, sous un

» prétexte frivole , il s'agissait d'une
» partie de paume , le marquis me
» laisserait tête à tête avec son rival.
» Le chevalier profita de l'occasion ,
» il me déclara lestement son amour.
» Je le plaisantai, il prit bien la plai-
» santerie; il n'espérait pas triompher
» à la première attaque. Je m'aperçus
» que le fidèle Champagne nous écou-
» tait d'un cabinet voisin. Il ne pouvait
» être là que par les ordres de son
» maître ; je fus ravie de cette décou-
» verte ; car quoique je fusse convain-
» cue que ce n'était qu'un jeu, j'étais
» un peu piquée de l'air insouciant
» avec lequel le marquis nous avait
» quittés. Je l'excusais de cacher sa
» jalousie; je ne l'eusse point excusé
» de même d'en être exempt, ayant
» des motifs d'en concevoir un peu.
» Son indifférence à cet égard m'au-
» rait désespérée. »

« Le chevalier de l'Angle était un

» très-joli homme, d'une humeur vive
» et sémillante. Gâté par les femmes,
» il ne croyait ni à leur vertu, ni à
» leur constance. Il avait piqué l'a-
» mour-propre du marquis, il s'était
» vanté de me rendre infidèle. Le
» marquis avait accepté le défi ; le
» chevalier se croyait sûr de vaincre.
» Par malheur pour lui, il se laissa
» prendre au piége qu'il m'avait ten-
» du. Il m'amusa tant qu'il ne fut
» que galant. Il devint amoureux, je
» m'en aperçus avant lui, je le traitai
» alors avec sévérité. Sa présence me
» devint importune; je m'en plaignis
» à mon amant ; il riait de mes plain-
» tes, il jouissait de son triomphe.—
» Puis-je empêcher, me disait-il, que
» le chevalier ne vous trouve aima-
» ble ? Irai-je me brouiller avec le
» meilleur de mes amis, parce qu'il
» cède à un penchant involontaire ?
» —Mais, monsieur, lui dis-je un jour

» avec un peu d'impatience, je ne
» conçois rien à votre conduite. Je
» vous aime, je ne doute pas de vo-
» tre amour; mais je ne souffrirais
» pas, si je pouvais l'empêcher, vos
» assiduités auprès d'une femme jeune
» et belle; pourquoi souffrez - vous
» qu'un homme aimable passe en tête
» à tête des heures entières avec moi?
» — Je vous connais, je vous rends
» justice et je ne crains rien. — Mais
» si, ce qui n'arrivera pas, le chevalier
» parvenait à me plaire, conserveriez-
» vous alors pour lui les mêmes sen-
» timens? Serait-il encore votre ami?
» — Sans doute. Il ne m'aurait ravi
» alors qu'une femme comme il en est
» tant au monde. Vous ne seriez plus
» mon Elisa; le charme qui vous en-
» vironne et qui m'enchante, cesse-
» rait d'exister; je serais insensible à
» cette perte. Mais elle est impossi-
» ble, il faudrait que vous eussiez

» cessé d'être vous pour être incons-
» tante. Un cœur comme le vôtre ne
» peut se donner qu'une fois. »

« Qu'avais-je à répondre ? je gar-
» dais le silence. Les persécutions du
» chevalier durèrent pendant près de
» deux ans. Il s'éloignait quelquefois,
» il revenait bientôt, toujours plus
» amoureux. Mes rigueurs ne le rebu-
» taient pas. »

« Il y a trois mois enfin qu'il nous
» quitta de nouveau. C'est pour tou-
» jours, me dit-il en prenant congé
» de moi. J'ai voulu jouer avec l'a-
» mour, il s'en venge cruellement.
» La passion que le marquis avait con-
» çue pour vous, l'éloignait de moi
» pour le rendre à ses amis ; je résolus
» de briser sa chaîne, bientôt je de-
» vins encore plus votre esclave, qu'il
» ne l'était lui-même. Je me suis dé-
» battu dans mes fers, je n'ai pu ni
» voulu m'en affranchir. Je cède à

» ma destinée, elle est de vous ai-
» mer sans espoir, jusqu'au dernier
» moment de ma vie. Je pars, en em-
» portant dans mon cœur le trait qui
» le déchire; rien ne pourra l'en ar-
» racher. Je pars sans exciter même
» votre pitié. Je le mérite, je vous
» ai fait outrage. Ne me haïssez pas;
» je vous rends enfin justice. Faites
» toujours le bonheur de mon ami.
» Adieu, vous ne me verrez plus. «

« Le marquis commençait à ne plus
» le craindre. Depuis long-temps, il
» ne nous faisait plus épier. Il plai-
» gnait son ami d'être victime d'une
» passion malheureuse. Il eût voulu
» qu'il s'en guérît; aussi ne fit-il que
» de faibles efforts pour le retenir;
» mais son absence l'affligea. Peut-
» on aimer son rival? ce sentiment
» n'est pas dans la nature. — Le che-
» valier, lui disais-je, a voulu vous
» ravir celle qui vous est chère; il

» a échoué dans son odieuse entre-
» prise ; vous l'excusez, je le con-
» çois : s'il eût réussi dans son projet,
il serait maintenant l'objet de votre
haine. »

« Il me répétait ce qu'il m'avait dit
» cent fois. — Vous ne me connaissez
» point, Elisa, ajouta-t-il ; une âme
» comme la mienne est capable des
» plus grands sacrifices, et surtout des
» plus nobles résolutions ; je saurais
» les exécuter.—Edouard ! Edouard !
» lui répondais-je, vous présumez trop
de vos forces. On brave un danger
éloigné ; le moment fatal arrive, on
» succombe, et l'on est puni de sa
» présomption. »

« Est-il donc des hommes qu'un
» bonheur sans trouble et sans mé-
» lange d'inquiétude fatigue ? Quoi-
» qu'il affectât de n'en rien laisser
» paraître, l'amour que le chevalier
» avait pour moi le tourmentait. Hé

» bien, cet ennemi de son repos
» s'éloigne, et il le regrette ! L'amitié
» seule le déterminait-elle à souhai-
» ter son retour ? Le chevalier ne re-
» vient pas, il ne donne pas même
» de ses nouvelles ; le marquis s'alar-
» me, il part pour revoir cet infidèle
» ami ; il court au-devant d'un mal-
» heur possible. Pour être heureux,
» faut-il qu'il triomphe d'un rival ?
» Veut-il me soumettre à une épreuve
» sans fin ? Elle est sans danger pour
» moi ; ma résistance est sans mé-
» rite. Je n'aime et je ne puis aimer
» que mon Edouard, il ne doute
» pas de mon cœur ; mais quelque-
» fois je suis tentée de croire qu'il
» voudrait en douter, pour avoir des
» obstacles à vaincre. Il n'est plus ce
» qu'il était dans les premiers temps,
» où un événement bizarre unit nos
» destinées. Il ne se plaisait que dans
» la retraite ; maintenant le grand

» monde a des charmes pour lui. Si
» j'y fixe l'attention, il jouit de mon
» triomphe. Les succès que j'obtiens
» par quelques talens agréables, flat-
» tent son amour-propre. Il serait dé-
› sespéré si quelque virtuose l'em-
portait sur moi. J'étudie sans cesse
› pour ne pas tromper ses espérances.
› Née sans orgueil, on pourrait m'en
› croire par les efforts que je fais
› pour vaincre les difficultés et mériter des applaudissemens. Il est
› plus vain de quelques frivoles avantages que je dois au hasard, que
je ne pense à m'en prévaloir moi-
même. Je dédaigne ces bagatelles
dont tant d'autres sont fières ; il at-
tache de l'importance à m'en orner.
Je veux parer mon idole, me dit-il,
lorsque je m'oppose à ses fantai-
sies ; je veux qu'elle charme tous
les yeux ; je veux que l'on envie
mon bonheur. »

« J'ignore quelles sont les raisons
» de son antipathie pour les femmes
» de chambre ; il n'en a jamais souf-
» fert aucune auprès de moi. Il crain
» sans doute la facilité qu'un aman
» aurait de les corrompre. Il présid
» seul à ma toilette, il choisit me
» ajustemens, il les dessine, il guid
» les ouvriers dans leur travail, e
» n'est jamais content de ma mis
» que lorsqu'il en a disposé l'arra
» gement lui-même. »

« Attentif à ne jamais blesser le
» convenances, plein d'égards pou
» toutes les personnes de mon sexe
» les hommages qu'il leur rend so
» si respectueux, qu'il me serait in
» possible d'en être jalouse. Cet hoi
» me, autrefois si volage, est mai
» tenant un modèle de constanc
» Que ne sommes-nous encore da
» les siècles brillans de la chevaleri
» Fidèle à sa dame, toujours prêt

» défendre les autres , il eût mérité
» de servir de modèle à tous ses com-
» pagnons d'armes. Qu'il eût été ter-
» rible la lance au poing ! Que cette
» existence eût été heureuse pour
» lui ! il eût pu se mesurer avec des
» rois et les vaincre. Deux sentimens
» nobles , l'amour et l'amitié, remplis-
» sent son cœur ; ils en font les dé-
» lices. Sa maîtresse et son ami, sont
» à ses yeux les êtres les plus par-
» faits de la terre. Ont-ils des dé-
» fauts ? il ne les voit point ; il ne
» veut point les voir. Lié depuis son
» enfance avec le chevalier de l'An-
» gle , il lui supposait des vertus qu'il
» était loin d'avoir. C'était en vain
» que je lui répétais sans cesse que
» le chevalier répondait mal à sa
» confiance. — Vous êtes injuste en-
» vers lui, me répliquait-il. Je me
» rendais ridicule par une appa-
» rente jalousie ; il ne voulut pas que

» son ami fût en butte aux plaisan-
» teries des sots. Il me croyait maî-
» trisé par une passion indigne de
» moi ; il désira vous connaître pour
» vous apprécier. S'il vous aime, c'est
» malgré lui ; devenez volage, vous
» cesserez de lui plaire. N'ayant à
» nous deux qu'une manière de voir
» et de sentir, il doit haïr ce que je
» hais, il doit aimer ce que j'aime.
» En rendant hommage à vos charmes,
» il n'est pas coupable, il n'est que
» malheureux ! »

» L'isolement où il se trouvait par
» l'absence de son ami, lui était in-
» supportable ; il eût été bien plus
» plaindre encore si, par un hasard
» dont je rends grace au ciel, vou
» ne vous fussiez point offert à ses
» regards, avant qu'il eût appris la
» nouvelle de la mort du chevalier.
» L'impression que vous fîtes sur lu
» m'étonna et m'étonne encore. I

désira

» désira , dès le premier moment, que
» vous répondissiez aux avances qu'il
» était disposé à vous faire. Vous le
» prévîntes , il en fut enchanté. **A**
» présent , j'ignore qui de vous ou
» de moi l'emporte dans son cœur;
» quel est celui de nous deux auquel
» il ferait les plus grands sacrifices.

» Je fus d'abord inquiète de cette
» nouvelle liaison. Allais-je trouver
» en vous un nouveau chevalier de
» l'Angle ? l'intention du marquis
» était-elle de m'éprouver encore?
» Vos discours réservés dissipèrent
» mes craintes; une confiance réci-
» proque s'établit bientôt entre nous
» deux. Je vous parlais sans cesse de
» mon amour pour le marquis, vous
» m'entreteniez du vôtre pour Hen-
» riette : je fus heureuse et rassurée.
» Si je vous ai prié de taire au mar-
» quis votre attachement pour une
» autre femme, vous voyez main-

» tenant le motif de ma prière. Que
» le marquis vous croie un amant
» timide et réservé, il peut alors n'ê-
» tre pas exempt de ces inquiétudes,
» qu'il aime, dont je soupçonne le
» motif; son objet est rempli, et je
» suis en repos. J'ai résisté à un
» homme brillant, résisterais-je de
» même à un amant tendre et mo-
» deste? Il attend sans doute le dé-
» veloppement de votre passion pour
» moi, car il ne croit point qu'on
» puisse me voir sans m'aimer; il
» attend, dis-je, que vous vous soyez
» expliqué, pour savoir s'il doit vous
» craindre. Puisse cette épreuve être
» la dernière qu'il me fera subir! Je
» ne serai sa légitime épouse que
» lorsqu'il me croira capable d'une
» fidélité hors de toute atteinte. Il
» n'est pas sans appréhension à votre
égard; vainement il le dissimule.
Hier, je lui faisais votre éloge, je

» l'observais, il s'en aperçut. Il se hâta
» de dire encore plus de bien de vous
» que je n'en avais dit. Je remarquai
» qu'il m'observait à son tour. Il
» tourna la conversation de manière
» à pouvoir pénétrer ma pensée.
» Nous avions l'un et l'autre la même
» intention ; l'avantage était tout de
» mon côté, j'étais calme, il feignait
» de le paraître. — Ma chère Elisa,
» me dit-il, si M. Joseph Dubois
» (remarquez bien que c'était la pre-
» mière fois qu'en me parlant de
» vous, il ne vous donnait pas le ti-
» tre de chevalier); si M. Joseph Du-
» bois, me dit-il donc, vous aimait, il
» pourrait me causer des alarmes. —
» C'est-à-dire que vous supposez que
» je serais touchée de son hommage?
» — Je ne suppose rien, je conviens
» qu'il a du mérite.—Il en a assez pour
» me rendre jalouse d'en être estimée
» et d'être son amie. — De l'amitié à

» l'amour , l'intervalle est facile à
» franchir.—Si vous avez cette crainte,
» il est aisé de vous en délivrer. Des
» affaires indispensables retiennent
» M. Joseph Dubois dans cette ville,
» rien ne nous engage à y rester plus
» long-temps; partons, éloignons-nous
» de lui. — Fût-il mon rival, et mon
» rival aimé, il me serait peut-être im-
» possible de le haïr. Je ne conçois
» rien aux sentimens qu'il m'inspire.
» Il m'a plû au premier abord ; cha-
» que jour j'ai senti s'accroître l'af-
» fection que j'ai pour lui. Ce n'est
» point un aveugle penchant ; je lui
» crois une âme d'une trempe peu
» commune. Je suis convaincu , s'il
» avait de l'amour pour vous , qu'il
» renfermerait ce secret dans le fond
» de son cœur. Il ferait à l'amitié les
» plus héroïques sacrifices. De l'An-
» gle ne le valait pas ; il vous eût sans
» remords ravie à ma tendresse. Au

» reste, il avait mon aveu pour l'en-
» treprendre ; j'étais sûr qu'il n'y par-
» viendrait pas. Ce jeune homme
» échouerait comme lui dans une pa-
» reille tentative ; mais du moins la
» pensée de vous rendre infidèle est
» loin de son esprit. Il sait connaître
» quels sont les devoirs qu'impose le
» titre d'ami que ma bouche et mon
» cœur lui donnent. Ce pauvre cheva-
» lier (il se reprochait alors ses soup-
» çons ; son accent était vrai, c'était
» celui de la nature ;) ce pauvre che-
» valier, que je serais coupable si je
» ne lui rendais pas justice ! Avec quel
» art il devine ma pensée, il prévient
» mes désirs, et va au-devant de ce
» qui peut me plaire ! C'est moi qu'il
» aime en vous. Une bagatelle peut-
» elle vous être agréable, il me l'indi-
» que, mais il veut qu'elle vous soit
» offerte de ma main. Il me fait valoir
» à vos yeux. Ai-je quelques torts in-

» volontaires, il les excuse ; il exa-
» gère les bonnes qualités que je puis
» avoir. Il est fier; il accepte mes bien-
» faits, il rejetterait ceux d'un autre :
» tel est le caractère de la véritable
» amitié. J'ai trouvé enfin un ami
» selon mon cœur ; nos âges ne sont
» pas les mêmes, nos humeurs, nos
» goûts sont différens ; il est impossi-
» ble cependant de trouver nulle
» part deux êtres mieux faits pour
» vivre ensemble. Ce n'est point là
» une de ces liaisons que produit une
» convenance apparente, que l'inté-
» rêt puisse refroidir, que l'absence
» et le temps fassent négliger; c'est
» une amitié pour la vie. L'un de nous
» deux se fixera où l'autre voudra se
» fixer ; nous sommes maintenant in-
» séparables. Nous ne nous le sommes
» pas dit, nous n'avons pas besoin de
» nous le dire ; il nous serait impossi-
» ble d'agir autrement. Le rapport de

» ses traits avec ceux de l'intéres-
» santé Maria , me firent redouter un
» moment d'avoir trouvé en lui ce
» neveu , dont l'apparition subite me
» mettrait dans l'alternative d'être in-
» juste , ou de me dépouiller de mon
» titre et de ma fortune. Je ne me
» sens pas le courage de prendre ce
» dernier parti. Quelquefois je vou-
» drais qu'il fût cet infortuné proscrit
» dès le berceau ; mais je voudrais
» aussi qu'il l'ignorât toujours. Qui
» sait , en connaissant son origine ,
» s'il ne croirait pas me faire une grace
» en acceptant la moitié de mes biens?
» Je ferais valoir mes droits pour ob-
» tenir de la justice celui d'être géné-
» reux à mon gré : mais le chevalier
» est un étranger pour moi, je dois
» m'en applaudir. Les preuves qu'il
» recevra de mon amitié seront li-
» bres ; elles partiront du mobile le

» plus noble , dont le cœur de l'hom-
» me puisse s'enorgueillir. »

Je n'eus plus alors le moindre secret pour Elisa. Je lui fis connaître
qui j'étais ; sa surprise fut extrême.
« Quel bonheur, me dit-elle, que
» le hasard ait voulu que vous vous
» soyez présenté aux yeux de votre
» oncle, sous un nom emprunté ! J'i-
» gnore quel parti il eût pris si vous
» lui eussiez dit la vérité ; mais cette
» découverte l'eût rendu malheureux.
» Il faut encore à cet égard garder
» le silence avec lui ; lorsqu'un jour
» il en connaîtra le motif, il appré-
» ciera votre délicatesse. Il ne nous
» pardonnerait pas aussi facilement
» le mystère que nous lui avons fait
» de votre amour pour Henriette. S'il
» soupçonnait que ce fut par mon con-
» seil, il en serait encore plus peiné.
» Jaloux tout autant qu'on peut l'ê-

» tre, il cherche vainement à me per-
» suader que la jalousie est une fai-
» blesse, dont un cœur, tel que le sien,
» est incapable. Il verrait que j'ai de-
» viné qu'il ressemble aux autres hom-
» mes, que je ne lui crois pas du tout
» cette force de caractère dont il
» s'imagine que le ciel lui a fait don.
» J'aurais blessé son orgueil ; je l'aime
» trop tendrement pour lui causer
» jamais ce chagrin ; il perdrait de la
» bonne opinion qu'il a de lui-même :
» il faut la lui laisser. Le besoin qu'il
» a de sa propre estime, lui persuade
» qu'aucun effort ne lui serait impos-
» sible. Nous le voyons maintenant
» se livrer tout entier à son amour,
» à ces jeux frivoles, où il déploie
» tant d'adresse ; il est né pour de plus
» nobles occupations. Il le sent, il le
» désirera bientôt. Qu'il embrasse en-
» fin un état ; il s'élevera au pre-
» mier rang, non par les motifs d'un

7 *

» vil intérêt, ou par ceux d'une am-
» bition jalouse, mais par la volonté
» ferme de se rendre illustre. Il fixera
» le but, il ne s'arrêtera pas qu'il ne
» l'ait atteint. Il rendra justice au mé-
» rite de ses rivaux; et s'il en triom-
» phe, ce sera toujours par des moyens
» que l'honneur ne désavouera pas. »

« Ne nous occupons pas maintenant
» de sa destinée future. Songeons à la
» position où nous sommes. Votre
» Henriette arrivera bientôt; notre
» supercherie sera découverte : cela
» m'inquiète. Quel parti prendre ? —
» Ne vous alarmez pas, lui répondis-
» je; l'amour que j'ai pour Henriette,
» celui que j'ai eu le bonheur de lui
» inspirer, doivent être un secret pour
» tout le monde, excepté pour nos
» amis intimes. Le marquis sera le
» seul, d'entre les miens, à qui je n'en
» ferai pas confidence. Le père d'Hen-

» riette arrivera en même temps
» qu'elle. Je ne puis me présenter en
» qualité d'époux que lorsque je se-
» rai reconnu pour ce que je suis,
» que lorsque j'aurai trouvé ma mère,
» que j'aurai à offrir à mon amante
» une fortune égale à la sienne. Sa
» réputation m'est chère : son bon-
» heur, le vôtre, tout me fait une
» loi de cacher des sentimens que j'au-
» rais tant de plaisir à manifester en
» public. Je suis loin d'être heureux ;
» mais si je contribue à votre félicité,
» si j'accélère, par une conduite pru-
» dente, le moment de votre union
» solennelle avec le marquis, je se-
» rai moins à plaindre que je ne le
» suis. Je verrai Henriette encore une
» fois ; ce sera peut-être la dernière.
» —Pourquoi perdre ainsi l'espérance
» d'un bonheur plus prochain que
» vous ne le pensez? L'intérêt que vous
» prenez à mon sort, vous empêche

» maintenant de déclarer à votre on-
» cle votre amour pour Henriette ;
» vous lui en ferez l'aveu, quand
» vous aurez revu celle que vous
» aimez. Vous le tromperez sur l'é-
» poque de la naissance de cet amour.
» Puisqu'il vous craint, croyez qu'il
» sera ravi d'apprendre que son Elisa
» n'est pas celle que vous chérissez.
» Tout se conciliera naturellement
» alors. Guéri de ses soupçons injus-
» tes, car il y cède quelquefois mal-
» gré lui, il accomplira le serment
» qu'il m'a fait, lorsque je consentis
» à le suivre, de n'avoir jamais d'au-
» tre épouse que moi. Je ne le lui rap-
» pelle point, ce serment ; pourtant il
» ne doute pas que je souffre du re-
» tard qu'il met à remplir sa pro-
» messe. Ne doit-il pas présumer la
» crainte que j'ai d'être humiliée par-
» tout où il me conduit, si l'on dé-
» couvre que je ne suis que sa maî-

» tresse? Ah ! j'en mourrais de honte.
» Pourquoi m'a-t il arrachée à la so-
» litude où je vivais, loin des re-
» gards d'un monde curieux? J'étais
» exempte des terreurs qui m'assié-
» gent. Un mot dit sans intention,
» une question indifférente, me font
» rougir; la vue d'un étranger m'in-
» terdit. Je tremble à tout moment
» de rencontrer un habitant de la
» ville où j'ai reçu le jour. Ma mal-
» heureuse aventure n'y fut que trop
» publique. Une fois reconnue, je se-
» rais méprisée : malheureuse, j'eusse
» inspiré de la pitié; coupable, l'opi-
» nion, les préjugés me flétriraient :
» tels sont les hommes. Ces plaintes
» que j'exhale devant vous, je les tais
» à mon amant. Il ne prolongerait
» pas ma souffrance, s'il en était ins-
» truit. Pourtant j'ai lieu de croire,
» depuis deux jours seulement, que

» je touche au terme de mes anxiétés.
» Le bon Champagne a de l'amitié
» pour moi, le marquis ne lui cache
» rien. Avant-hier au soir, je me
» croyais seule au jardin ; je me livrais
» à mes douloureuses réflexions ; ces
» mots m'échappèrent involontaire-
» ment : — Je ne serai donc jamais
» son épouse ! il doutera donc tou-
» jours de mon cœur ! » Champagne
paraît, je reste confuse. « Ne pleurez
» pas, me dit-il, madame la marquise.
» Oui, madame la marquise, bientôt
» vous ne le serez plus de nom seu-
» lement. Mais, chut ! ne parlez pas à
» mon maître de ce que je viens de
» vous dire ; je lui ôterais le plaisir de
» vous annoncer le premier une bonne
» nouvelle. Cela ne peut pas avoir lieu
» aussi vîte qu'il le désire ; vous au-
» riez souffert en attendant, et je n'ai
» pu résister à la joie que j'éprouve

» de tarir la source de vos peines. »

« Il regarde autour de lui comme
» s'il eût craint d'être aperçu, et
» s'éclipse comme un trait. La con-
» versation que j'ai eue hier avec le
» marquis, m'avait épouvantée dans
» son début ; la fin a dissipé mes
» alarmes ; l'aveu que vous lui ferez
» achevera d'anéantir les siennes. Il
» vous aime trop pour ne pas faire
» tout ce qui dépendra de lui pour
» vous rendre heureux. Alors vous
» pourrez sans crainte lui déclarer
» qui vous êtes. Il vous présentera lui-
» même au père d'Henriette. Quel-
» qu'ambitieux que cet homme puisse
» être, il ne refusera pas de s'allier à
» la famille de Bellegrade. Ainsi, mon
» cher Philippe, je vous rends votre
» nom, en attendant que le marquis
» vous le donne à son tour : ayons
» un peu de patience ; continuons de
» vivre comme nous vivons, et jouis-

» sons, par l'espérance, du bonheur
» que nous promet un riant avenir. »
Un événement inattendu vint ren-
verser tous nos projets.

———————

CHAPITRE XI.

Evénement tragique.

Un soir, à la sortie du spectacle,
huit ou dix jours avant l'entretien
dont je viens de rendre compte, j'entendis un particulier dire à un autre :
*Il n'a pas reparu dans la maison de
Brognard, il doit être à Clermont;
il faut le découvrir.* Je ne doutai nul-
lement qu'il ne fût question de moi.
Ces deux hommes se perdirent pour
moi dans la foule. Je donnais le bras à
Elisa, je ne pus les suivre. En arri-
vant à notre auberge, je crus les reconnaître dans deux étrangers qui
revenaient comme nous de la comédie. Je les examinai avec attention.
Ils ne prirent pas garde à moi. Je m'i-
maginai que je me méprenais. Il était

très-possible que ce ne fût pas les
deux personnages que je n'avais fait
qu'entrevoir dans l'obscurité. Toutefois, j'ordonnai à mon valet de
chambre, sans lui expliquer les motifs de ma curiosité, de savoir quels
étaient ces deux étrangers. Il me dit
le lendemain qu'ils se donnaient pour
des négocians. Je les revis plusieurs
jours de suite, rien n'annonçait que
j'éveillasse leurs soupçons; je cessai
dès - lors de me méfier d'eux. D'ailleurs, si, comme il m'était permis de
le croire, j'avais des ennemis achar-
nés à ma perte, mon changement de
nom et de fortune devait les dérou-
ter dans leurs recherches. Pouvais-je
craindre, sur un signalement souvent
trompeur, qu'ils allassent reconnaître dans l'opulent chevalier Dubois,
le pauvre clerc du procureur Brognard ?

Philippe Desgranges, qui m'était

annoncé depuis long-temps , arriva enfin à Clermont, où il avait des emplettes à faire. C'était un assez beau garçon, à peu près de mon âge et de ma taille, et tout aussi bien mis que je l'étais , quand j'habitais Ussel. Le ton respectueux avec lequel il m'aborda , me garantit qu'on ne l'avait pas mis au fait de mes affaires. J'aurais craint quelque indiscrétion de sa part , s'il eût été instruit de mon secret ; j'avais plus d'intérêt que jamais à le cacher.

Il me remit le joli envoi que me faisait Henriette, d'un élégant portefeuille dessiné et brodé de sa main. Ce qu'il contenait, rendait ce présent plus précieux encore ; il renfermait une lettre de celle que j'aimais : quel trésor pour moi ! il en renfermait d'autres de mes amis. On me donnait de nouveaux détails sur le père d'Henriette. Il ne portait plus le

nom de Dumontel, il se faisait appe-
ler M. de Beuzeville. Il devait inces-
samment arriver à Clermont; sa fille
devait venir l'y joindre. On m'écrivait
que l'on s'arrangerait de manière à l'y
précéder de quelques jours. Le Prieur
et madame Duloir seraient du voyage;
et, pour comble de bonheur, Marianne avait la certitude de ne pas se
séparer de son amie. M. de Beuzeville
consentait à la recevoir dans sa maison; sa fille le désirait; il ne voulait
pas, lui avait-il écrit, lui refuser la
première grâce qu'elle lui avait de-
mandée. « Cette bonne Marianne, me
» mandait madame Duloir, est au
» comble de ses vœux. Son départ
» consterne un galant chevalier de
» votre connaissance, le joyeux pro-
» priétaire de l'antique château du
» Bazané. Marianne, sans le vouloir,
» a fait sa conquête. Depuis qu'il en
» est amoureux, à en perdre l'esprit,

il ne rit presque plus , il a renoncé
» au jeu; et s'il boit encore, c'est tou-
> jours à la santé de sa belle. Belle est
> le mot. Depuis que nous en avons
> fait une demoiselle , elle a pris sans
effort le ton et les manières du beau
monde ; mais elle a des grâces qui
> lui sont naturelles , et une amabi-
> lité que ne donne pas toujours l'avan-
> tage d'une illustre origine. Ce pauvre
M. du Bazané, pour la retenir, lui
fait en vain l'hommage de son cœur,
de sa fortune et de sa main ; la
cruelle est inflexible , elle ne veut
pas quitter son Henriette. Si je la
blâme un peu de ses refus , je l'en
estime davantage. »

Madame Duloir me chargeait de
uelques commissions ; je sortis pour
s faire. Philippe repartait le lende-
1ain matin à la pointe du jour ; il me
romit de revenir à huit heures du
ir pour prendre mes paquets.

La nuit était close quand Philippe parut. Je l'attendais avec impatience. J'étais à la porte de l'auberge avec plusieurs personnes ; je l'appelai par son nom. Comme il n'y avait point de mystère dans ce que j'avais à lui dire, je lui parlai assez haut pour que ceux qui nous entouraient pussent en entendre quelques mots. Je lui demandai des nouvelles de plusieurs personnes d'Ussel, qu'il pouvait connaître au moins de réputation ; je prononçai le nom de Brognard. Tout en causant avec lui, je l'accompagnai assez loin sur la place. Je lui souhaitai un bon voyage, à cent pas de son logement. A peine m'étais-je séparé de lui, que je vis passer auprès de moi un des deux étrangers dont j'ai parlé. Il marchait très-vîte, son camarade le suivait à quelque distance. Un moment après, j'entends un grand tumulte, on crie à l'assassin ; je crois reconnaî-

tre la voix de Philippe ; j'accours.
Déjà plusieurs personnes étaient auprès de lui, je le vois étendu par terre
sans connaissance. On désignait pour
son meurtrier le même homme que
j'avais remarqué il n'y avait qu'un
instant. On l'avait poursuivi, on n'a-
vait pu l'atteindre. Les paroles que
j'avais entendues, en sortant du spectacle, me revinrent dans l'esprit. Je
ne doutai pas que le malheureux Philippe ne fût la victime de la simili-
tude de nos noms de baptême. Ce n'é-
tait pas à lui, c'était à moi qu'on en
voulait. Je me hâtai de lui prodiguer
des secours.

Un chirurgien fut appelé par mes
ordres. Philippe avait reçu deux coups
de stylet, l'un au bras, il n'était pas
dangereux, et l'autre dans le côté,
un peu au-dessous du cœur. La lame
du poignard dont on l'avait frappé
était si mince, que le sang ne coulait

point de la blessure. Le chirurgien
déclara que le malade était dans le
plus grand danger, si l'on ne se hâtait de sucer la plaie. « Ce sera moi
» qui rendrai ce service à ce malheu-
» reux jeune homme ! m'écriai-je vi-
» vement ; ne perdons pas une mi-
» nute. » On loua mon humanité ;
on ne savait pas que j'acquittais une
dette.

Philippe était suffoqué par la quan-
tité de sang dont sa poitrine se remplissait. Bientôt il respira avec facilité ; bientôt il rouvrit les yeux ; je
ne puis exprimer la joie que j'en res-
sentis.

Il s'était écoulé plus d'une heure,
lorsque je pensai que le marquis et
Elisa devaient m'attendre pour se mettre à table. On soupait alors. Mon absence devait les inquiéter. Je char-
geai un valet d'écurie d'aller dire au
marquis que je ne rentrerais pas encore,

core., et de lui en expliquer la cause. Ce valet ne parlait que le patois du pays ; il se rendit si peu intelligible en faisant la commission que je lui avais donnée, que le marquis, déjà alarmé de ne pas me voir venir, crut entendre que c'était moi que l'on avait assassiné. Elisa le crut de même. Elle s'évanouit. Stamati effrayé, et connaissant la maison où j'étais, se hâta d'y accourir. Sa joie fut extrême en me revoyant. Je ne concevais rien à son agitation. Il m'expliqua enfin la méprise occasionnée par le récit inintelligible du commissionnaire. « Mais, ajouta-t-il, M. le » marquis et madame la marquise » sont encore dans l'erreur ; je cours » les rassurer. Dieu veuille que l'ac- » cident de madame n'ait pas de suite » fâcheuse ! Au diable le maudit bara- » gouineur ! il nous avait porté le » coup de la mort. »

II. 8

Il blâmait un maladroit, et il commettait lui-même une autre maladresse. L'état où il me dit avoir laissé Elisa, me causa les plus vives alarmes.

Le saisissement de mon aimable amie, à l'annonce imprévue de l'assassinat commis sur ma personne, était bien naturel ; elle me chérissait comme on chérit un tendre frère. L'expression involontaire de sa douleur fut pour le marquis un trait affreux de lumière. S'il ne nous soupçonna, ni Elisa ni moi, capables de le trahir, il crut au moins être convaincu de notre amour réciproque. J'étais donc à ses yeux son rival, et son rival aimé ; et pourtant, à la nouvelle inopinée du malheur qu'on lui disait m'être arrivé, il ne ressentit que le chagrin d'avoir perdu son ami le plus cher. Dès qu'Elisa n'eut plus besoin de ses secours, il vola pour me les prodiguer. S'il éprouvait une crainte, c'était celle d'arriver trop tard.

J'avais laissé Stamati auprès de Philippe. Le marquis et moi accourions l'un vers l'autre, moi très-inquiet de la situation d'Elisa, et lui bien plus effrayé encore de l'état où il croyait me trouver. Nous nous rencontrons sur la place ; il me reconnaît le premier, il pousse un cri de joie. « C'est vous ! c'est vous ! me » dit-il. » Il me serre dans ses bras, je le serre dans les miens ; je sens ses larmes brûlantes couler sur mes joues. Son trouble était extrême, il pouvait à peine parler. « Ah ! lui dis-je, com-» bien je sens le bonheur d'être aussi » tendrement aimé de vous !—Douce » étreinte de l'amitié, reprit-il avec » force, tu es le plus beau sentiment » dont le cœur de l'homme puisse être » rempli ; les jouissances que tu pro-

» cures, sont exemptes de trouble et
» et de remords. J'ai tremblé de vous
» avoir perdu : je vous presse contre
» mon sein, chevalier ; je suis heu-
» reux, oui, parfaitement heureux. »

Il le croyait, l'infortuné ; son âme,
dans ce moment d'exaltation, s'é-
panchait sans détour. Un mouvement
sublime l'élevait au-dessus de lui-même. Elisa et moi étions tout pour
lui ; il ne pouvait cesser de nous aimer. Il voyait en nous deux victimes d'une passion fatale, s'immo-
lant à son bonheur ; il résolut de
nous vaincre en générosité.

« Venez, continua-t-il avec la plus
» vive émotion, venez rendre la vie
» à cette pauvre Elisa. »

Nous ne marchâmes point, nous
courûmes jusqu'à notre auberge ; j'a-
vais peine à le suivre. « Le voilà ! le
» voilà ! cria-t-il du bas de l'escalier ;
» notre ami nous est rendu. »

Il me présenta à Elisa, content de lui-même, et rayonnant de gloire de la résolution qu'il avait prise. Elisa me tendit la main. « Embrassez-le » donc, lui dit-il; je le veux, je l'or- » donne. » Nous lui obéîmes. « Des » amis bien tendres, ajouta-t-il, ne » se retrouvent point, après une lon- » gue absence, avec une joie plus » vive que celle que nous ressentons » en ce moment. »

Je leur racontai alors, sans y ajou- ter aucune réflexion, ce que d'au- tres que moi pouvaient savoir de l'assassinat de ce jeune étranger, as- sassinat dont personne ne pouvait soupçonner le motif. « Ce malheu- » reux, ajoutai-je, m'était adressé » par mon oncle, Prieur de l'abbaye » de Bonnaigue. Il était venu me voir » pour m'annoncer l'arrivée pro- » chaine, à Clermont, de plusieurs » personnes aimables que j'aurai bien-

» tôt l'honneur de vous présenter. Je
» causais sur la place avec cet infor-
» tuné, un instant avant son malheur.
» Il est protégé par mon oncle, il a
» droit de m'intéresser. Tout ce que
» je sais de lui, c'est qu'il vit de son
» travail, qu'il est orphelin, et qu'il
» est fixé dans un village aux envi-
» rons d'Ussel. — D'Ussel ! reprit vi-
» vement le marquis; et c'est un or-
» phelin ? — Oui, mon ami. — Il se
» nomme ? — Philippe. — Philippe !
» c'est le fils de mon frère, je n'en
» saurais douter. Son assassin est un
» émissaire de la famille Sidney. En
» privant Philippe du jour, on veut
» se délivrer de la crainte qu'il ne
» vienne réclamer l'héritage de sa
» mère. Quel intérêt aurait pu, sans
» ce motif, porter le meurtrier à cet
» attentat contre la vie d'un être qu'il
» n'avait jamais vu, selon les appa-
» rences ? Le méchant se venge, le

» scélérat égorge sa victime pour la
» dépouiller ; mais l'homme le plus
» féroce ne commet pas un crime
» pour le seul plaisir de le commet-
» tre. Malheureux enfant ! tu fus en
» naissant condamné à souffrir ; ton
» sort me touche. Si mon intérêt ,
» mes préjugés me défendent de t'a-
» vouer, je n'en veillerai pas moins
» sur ta destinée. Dans une condition
» obscure , je te ferai connaître le
» bonheur, je t'attacherai à moi par
» les liens de la reconnaissance. Peut-
» être un jour aurai - je le courage
» de ne mettre aucune restriction à
» mes bontés pour toi. Jusque-là , je
» ne craindrai point que tes préten-
» tions t'aliènent mon cœur. Je puis
» accorder des grâces, je ne veux
» pas en recevoir ; qu'il soit dans ma
» dépendance , je ne serai jamais dans
» la sienne. Vous me blâmez peut-
» être, chevalier, d'une façon de pen-

» ser que vous n'auriez pas, sans
» doute, si vous étiez à ma place;
» je ne l'excuse point. Avant de me
» juger avec sévérité, laissez agir
» mon cœur et la nature; attendez
» tout du temps; je veux apprécier
» mon neveu. Je ne vous recommande
» pas le secret; vous n'oublierez pas
» que vous ne devez qu'à ma con-
» fiance la découverte de ce mys-
» tère; vous garderez le silence, j'en
» suis convaincu. — Vous me rendez
» justice; ma voix ne s'élevera jamais
» en faveur de votre infortuné neveu.
» — S'il est à plaindre dans ce mo-
» ment, il ne le sera plus s'il survit
» à sa blessure. Il obtiendra plus de
» moi, sans faire aucune démarche,
» qu'il n'obtiendrait en m'attaquant
» devant les tribunaux. Il deviendrait
» alors mon ennemi, et je veux le ché-
» rir. Il se croit orphelin, il va re-
» trouver en moi le père que des bar-

» bares lui ont ravi. Malheur! oui,
» malheur à tous les individus de la
» famille de Sidney ! je découvrirai
» leur asile quelque part qu'ils se ca-
» chent ; ils n'auront pas impuné-
» ment trempé leurs mains dans le
» sang de mon frère et de son fils : ils
» seront vengés l'un et l'autre. »

Le lendemain matin, on vint nous
avertir que le malheureux Philippe
était mort au milieu de la nuit. Mon
oncle en ressentit un chagrin véritable. Cette aventure fit diversion à la
peine secrète dont il était dévoré. Je
fis partir Stamati pour Bonnaigue,
afin d'instruire le Prieur de ce fatal
événement. Le marquis remit à mon
valet de chambre une forte somme en
or ; j'y en joignis une autre à peu près
égale pour venir au secours de la
bonne femme qui avait recueilli Philippe dans sa maison. Il était le sou-
tien de la vieillesse de sa bienfaitrice.

8 *

Si nous ne la consolâmes pas de la perte de son fils adoptif, au moins la mîmes-nous à l'abri des atteintes de la misère. Elle fut même plus riche qu'elle n'avait jamais espéré de le devenir.

Au bout de trois jours, Stamati fut de retour de son voyage. Le bon Prieur fut vivement affecté de la fin tragique de Philippe; il semblait se l'imputer. Pourtant il rendait graces au ciel de n'avoir plus à redouter pour moi les embûches de mes inplacables ennemis. Il espérait qu'ils cesseraient de se cacher, qu'il me deviendrait plus facile de les découvrir. L'ardeur qu'ils avaient mise à me poursuivre, lui prouvait qu'ils redoutaient ma présence, et que j'avais des droits légitimes à réclamer. Il était touché de la conduite noble de mon oncle dans cette circonstance. Il faisait tout ce que l'on pouvait attendre de l'homme le plus généreux. Le Prieur terminait sa lettre en m'annonçant son arrivée à Clermont, où il accompagnerait Henriette, Marianne et madame Duloir.

Je n'avais plus que deux jours à attendre. Ces deux jours me semblaient devoir durer deux siècles. Tant de raisons me faisaient désirer de revoir Henriette !

Mon oncle ne parlait plus de Philippe ; cependant il était triste et rêveur. Ses regards avaient une expression mélancolique, dont Elisa et moi étions également affligés. Nous souffrions de sa peine, et notre douleur lui paraissait un indice de nos tourmens secrets. Tout semblait se réunir pour le confirmer dans ses soupçons. Le besoin de se distraire le conduit dans une société où il allait quelquefois. On se permet en sa présence des plaisanteries sur les maris complaisans; il ne peut s'en faire l'application, mais il devine l'intention qu'on a. Chaque mot lui fait une blessure nouvelle ; on nous outrage tous les trois également. Il s'indigne, il est prêt à repousser la calomnie ; l'orgueil lui impose silence. Il fait prendre un autre tour à la conversation ; il affecte un air insouciant et calme, lorsque son cœur est le plus déchiré. Il sort, on a l'air de le plaindre. « Sans doute, dit-on, il ignore ce » qui se passe ; s'il en était instruit il » y mettrait un terme ; il faut le ti- » rer de son erreur. » La personne qui tenait ce propos, je l'ai su long-temps après, était une petite pie-grièche jouant la dévote, faisant grand bruit de sa vertu conjugale. Elle trompait pourtant son mari pour un abbé, et l'abbé pour un militaire. Tout le monde le savait. Elle n'en était pas moins toujours prête à censurer la conduite de ses meilleures amies. On la craignait, mais la médisance amuse, et on la recevait. Elle se connaissait en intrigues galantes, elle était sans cesse aux aguets; on ne douta point qu'elle n'eût découvert le mystère de nos amours. En conséquence de l'arrêt qu'elle prononça, le marquis fut déclaré un bon homme qu'il fallait sauver; Elisa, une fausse prude qu'il fallait démasquer; et moi, un petit monstre d'ingratitude qu'il faudrait étouffer. Je méritais l'épithète qu'elle m'avait donnée; elle m'avait fait des agaceries, je n'y avais pas repondu. Il fut solennellement décidé qu'on ne perdrait pas de temps, et que l'on éclairerait le marquis sur le ridicule qu'il se donnait, par l'excès de confiance qu'il avait en nous. Cinq à six de ces prétendus amis dont le monde fourmille, de ces gens qui, sous le pré-

texte de l'intérêt qu'on leur inspire ,
cherchent à troubler le bonheur des
autres , se chargèrent d'arracher le
bandeau dont ils supposaient que les
yeux du marquis étaient couverts. Il
semblait que leur honneur fût attaché à désunir deux époux , à brouiller deux amis. Ils invitèrent mon oncle à dîner. Il s'agissait , dirent - ils ,
d'une affaire importante. On n'invita
ni Elisa , ni moi. La chose dont il
était question serait sans attrait pour
des dames ; c'était un dîner d'hommes.
On me laissait pour tenir compagnie
à madame la marquise ; on ne voulait
pas lui enlever à la fois son époux et
son ami. Le marquis, dans le besoin
qu'il avait de se distraire de son
chagrin secret , accepta la partie
proposée. On vint le chercher à notre petite maison de campagne où
nous étions établis depuis la veille,
pour y passer le reste de la belle

saison. Le marquis nous affligeait toujours lorsqu'il nous laissait dîner
sans lui. Nous lui témoignâmes le
nouveau chagrin que nous causait
son absence. « Que je sois près de
» vous, ou que j'en sois éloigné, nous
» répondit-il en nous prenant l'un et
» l'autre par la main , ne suis-je pas
» sans cesse présent à votre pensée ?
» Aimez - moi toujours comme vous
» m'aimez ; et quels que soient les
» événemens que l'avenir peut ame-
» ner , vous n'aurez jamais d'ami
» aussi tendre que moi. »

La grande affaire que l'on prit
pour prétexte du dîner auquel on l'en-
traîna , était une course de chevaux
à laquelle on voulait mettre un
grand appareil. Le marquis avait un
excellent coureur, on prétendait en
avoir un meilleur à opposer au sien.
On proposa, on fit des paris; enfin, on
désigna un jour pour savoir auquel

des deux rivaux on décernerait les honneurs du triomphe.

Au dessert, les convives firent rouler l'entretien sur les maris trompés, sur leur aveuglement, sur la confiance qu'ils avaient souvent en des amis perfides. Le marquis devina sans peine où l'on voulait en venir. « Quant à moi, dit-il, messieurs, si » j'étais assez malheureux pour éprou- » ver un sort pareil à celui de ces » pauvres maris que vous plaignez si » fort, et que quelqu'un eût la barba- » rie de vouloir me tirer d'une igno- » rance à laquelle je devrais mon re- » pos, l'indiscret qui s'en rendrait » coupable, deviendrait dès-lors mon » plus cruel ennemi. Je lui demande- » rais raison de cet outrage : il mour- » rait, ou je cesserais de vivre. »

On le connaissait trop sincère pour le soupçonner capable d'avancer une chose sans être prêt à la soutenir ; aucun des assistans n'eut l'envie de s'exposer à l'alternative qu'il proposait : chacun d'eux se hâta de se répandre en éloges sur Elisa , et de me citer comme le modèle le plus parfait de l'amitié la plus pure et la plus désintéressée « Vous leur ren- » dez justice , répondit le marquis » avec tranquillité; malheur à qui les » calomnierait en ma présence !»

La conversation languit bientôt , et l'on se sépara. Le marquis sortit de ce dîner le désespoir dans l'âme. Il avait promis de rentrer de bonne heure : nous étions , Elisa et moi , sur la route à l'attendre. Nous le vîmes venir de loin ; il marchait lentement, les deux bras croisés et la tête penchée sur sa poitrine. Il ne nous apercevait pas , et déjà nous étions près de lui. Nous l'abordâmes ; il parut étonné en nous voyant. Sa pâleur nous effraya ; ses mains tremblaient, ses

traits exprimaient la douleur. « Bon
» dieu ! qu'avez-vous, lui dîmes-nous
» ensemble avec l'air de l'effroi ? —
» Je souffre horriblement, nous ré-
» pondit-il ; la mort est là, ajouta-t-
» il en mettant la main sur son cœur.
» Votre ami vous quittera bientôt,
» je sens que je me meurs. »

Nous fûmes presque obligés de le
soutenir pour le conduire jusqu'à la
maison. En entrant dans le salon, il
se laissa tomber sur un canapé. Notre
empressement à le secourir, nos alarmes, notre désespoir étaient si vrais,
qu'il en fut attendri ; nous étions tous
les deux à ses côtés ; chacun de nous,
tenant une de ses mains, l'inondait
de larmes. Les siennes coulent ; bientôt le sourire reparaît sur ses lèvres.
« Mon mal se dissipe, nous dit-il ;
» cet accident passager n'aura pas de
» suite. Je n'en ressens plus aucune
» atteinte. Il m'a prouvé que je vous

» suis bien cher. Ah! qui n'achete-
» rait point par un peu de souffrance
» la certitude d'être aimé comme je
» le suis ! »

Il causa avec nous pendant un
quart d'heure de choses indifférentes.
« Mes bons amis, nous dit-il après
» un moment de silence, excusez-moi
» si je vous prie de me laisser seul;
» j'ai des dépêches à faire, allez dans
» le jardin. » La table où il se plaça
pour écrire était auprès d'une croisée;
nous fûmes nous asseoir sous un berceau en face de lui. Nous avions pris
chacun un livre, au hasard, dans notre petite bibliothèque, qu'un libraire
de Clermont renouvelait tous les huit
jours, sans nous consulter sur le choix
des ouvrages qu'il nous fournissait.
Elisa parcourait *la nouvelle Héloïse*;
je lisais *les Passions du jeune Verther*. Le marquis vint à nous quand
il eut achevé sa correspondance. Il

jeta les yeux sur les titres des ouvrages dont nous avions paru nous occuper. « Les auteurs de ces deux ro-
» mans, dit-il avec une apparente
» tranquillité, ont fait, contre leur in-
» tention, sans doute, un bien cou-
» pable abus de leurs talens. Ils exal-
» tent l'imagination, ils parlent au
» cœur, ils perdent des malheureux
» sur qui la raison finit par n'avoir
» plus d'empire. Mon ami, me dit-il,
» en me serrant la main, est-ce que
» le délire de cet insensé, de cet ex-
» travagant *Verther* n'a pas excité
» dans votre cœur plus d'indignation
» que de pitié? — Le malheur, lui
» répondis-je, lorsqu'il n'est pas le ré-
» sultat du crime, inspire toujours de
» l'intérêt. — Cet intérêt est précisé-
» ment ce que je blâme; c'est parce
» que l'on est touché du sort de *Ver-*
» *ther*, que la lecture de *Verther* est
» dangereuse pour les jeunes gens. —

» Avec un cœur droit ; quel jeune
» homme sera tenté de suivre son
» exemple ? Ne sentira-t-il pas la né-
» cessité de vaincre, dès leur naissance,
» ces passions tumultueuses, dont les
» suites sont si effrayantes ? — Non ,
» il est attendri, il pleure ; dans une
» situation semblable à celle de *Ver-*
» *ther* , il suivra son exemple ; il por-
» tera sur lui-même une main crimi-
» nelle, il verra la tombe comme son
» unique refuge. Est-ce donc là le seul
» asile ouvert à l'infortune ? L'homme
» doué de quelque énergie doit-il cé-
» der en lâche à ces passions orageu-
» ses qui le dégradent ? S'il en éprouve
» les premières atteintes, il doit s'en
» défendre ; s'il se sent trop faible
» pour y résister , qu'il ne fixe plus
» les yeux sur l'objet de son délire,
» que la fuite le sauve du péril dont
» il est menacé.—Fuir ce qu'on aime ?
» — Sans doute , quand cet amour

» est assez violent pour entraîner au
» crime. L'auteur de *Verther* a mis
» son héros dans l'alternative de poi-
» gnarder son rival ou de s'ôter la
» vie. S'il eût voulu faire un ou-
» vrage moral, il aurait choisi le pre-
» mier de ces deux dénouemens. *Ver-*
» *ther*, après avoir été long-temps un
» modèle de vertu, eût fini par ins-
» pirer l'horreur ; on eût senti alors
» tout le danger d'une flamme adul-
» tère. Mais l'auteur a voulu rendre
» ce personnage romanesque intéres-
» sant, et produire de l'effet. Il a at-
» teint son but, il s'en applaudit ; il
» le peut, puisqu'il trouve des admira-
» teurs. »

Je lisais dans l'âme du marquis ;
j'allais répondre, amener enfin une
explication indispensable, j'y étais résolu ; elle nous eût épargné bien des
peines. Plusieurs personnes de la ville
vinrent nous demander à souper ; je

fus forcé de remettre au lendemain,
pour tout délai, les aveux que je voulais faire à mon oncle. Sa sortie contre le roman de *Verther* m'éclairait
sur ses soupçons. Ces soupçons me
désespéraient, il m'importait de les
anéantir : il fallait parler, ou fuir. Ne
valait-il pas mieux avouer au marquis
que je l'avais trompé, trouver des
motifs au mystère que je lui avais
fait de mon amour pour Henriette,
que de le laisser plus long-temps dans
une erreur funeste ?

On se sépara fort tard. Le marquis,
en se retirant dans sa chambre, me
dit adieu d'un ton de voix si pénétré,
que j'en fus ému jusqu'aux larmes.
« Hélas ! disais-je, il me croit son ri-
» val, et il ne me hait point ! » Je fais
un pas vers lui, il me tend les bras,
je m'y précipite. Il se passait en lui
quelque chose d'extraordinaire. Jamais l'expression de sa figure ne m'a-

vait paru plus sublime et plus touchante. « Adieu, me répéta-t-il.— A
» demain, lui dis-je. » Il détourna la
tête pour me cacher son trouble, et
me quitta.

Le soleil était levé depuis long-
temps lorsque je descendis au jardin.
J'avais coutume d'y trouver mon oncle : il était toujours très-matinal à la
campagne. Je fus étonné de ne pas le
voir occupé à cultiver ses fleurs : il ne
pouvait jamais rester oisif. Je regardai
aux croisées de sa chambre ; les vo-
lets en étaient fermés : je crus qu'il
dormait encore.

Je rencontrai le jardinier. « Savez-
» vous, lui demandai-je, où monsieur
» le marquis peut-être en ce moment ?
» — Il est monté à cheval à la pointe
» du jour, me répondit-il ; il a voulu
» que M. Champagne l'accompagnât.
» — Il n'a rien dit en sortant ?—Par-
» donnez-moi, il m'a bien recomman-
dé

» dé de vous prier de ne pas l'atten-
» dre pour déjeuner, qu'il allait faire
» une longue course. C'est sans doute
» pour sa santé ; car il était si triste
» et si pâle, que cela m'a inquiété.
» Je lui ai demandé s'il était malade ;
» il ne m'a pas répondu à cette ques-
» tion. — Adieu, mon ami, m'a-t-il
» dit, en me donnant un double louis
» pour boire à sa santé ; et, se tour-
» nant vers Champagne, il a ajouté :
» Partons, partons, je souffre trop
» ici.

Elisa parut alors. « Mon ami, me
» dit-elle, je suis bien inquiète ; le
» marquis a passé toute la nuit à lire
» ou à écrire, il ne s'est point cou-
» ché : j'ai cédé involontairement au
» sommeil ; un songe affreux m'a ré-
» veillée. Il me semblait que le mar-
» quis était poursuivi par un mons-
» tre horrible : j'ai étendu les bras
» pour le défendre ; il n'était point

II. 9

» à côté de moi : je l'ai appelé , il n'a
» point répondu ; il était sorti de la
» chambre. Je me suis levée précipi-
» tamment : Conduisez-moi vers lui ,
» j'ai besoin de lui parler, de l'em-
» brasser, pour dissiper l'effroi ridi-
» cule d'un songe imposteur. »

Plus agité qu'elle encore , je cachai
pourtant mon émotion. « Le mar-
» quis , lui répondis-je , se sentait in-
» disposé; il est monté à cheval; vous
» savez que cet exercice lui est salu-
» taire. Je présume qu'il ne rentrera
» pas pour déjeuner. »

Dans ce moment un postillon ame-
na la berline; elle était restée sous
la remise de l'auberge. La berline
était remplie de nos effets; j'en reconnus plusieurs appartenans au marquis; leur vue me causa de la joie.
Je savais , depuis quelques jours, que
l'intention de mon oncle était de renoncer au séjour de la ville. Je crus

qu'il était sorti pour donner des ordres relatifs à notre déménagement.
Ce qui me tranquillisa encore plus,
ce fut de voir, dans son cabinet, la
cassette où étaient renfermés son
or et ses bijoux ; la clef était après :
je l'ouvris pour me rassurer davantage. Je n'eusse point osé me permettre cette indiscrétion dans toute
autre circonstance. Le portrait de ma
mère fut le premier objet qui frappa
mes yeux ; je le pris dans mes mains,
je le couvris de baisers.

Le marquis avait congédié, dès la
veille, ses quatre laquais ; Champagne, Stamati et une cuisinière étaient
plus que suffisans pour nous servir.
« Désormais nous ne vivrons plus que
» pour nous et pour quelques amis
» intimes, disait Elisa ; nous tou-
» chons au terme de notre pénible
» contrainte. C'est ce soir que nos
» amis arrivent ; oui, nos amis, car

» les vôtres sont les miens ; nous
» pourrons tous les recevoir ici. Ce
» soir nous apprendrons au marquis
» une partie de vos secrets ; peut-être
» lui seront-ils tous révélés : à dîner ,
» nous le préviendrons de l'arrivée
» de nos hôtes. Quand nous serons
» sortis de table , vous monterez à
» cheval, vous irez les attendre sur la
» route pour les conduire ici. Ah !
» mon ami , que je vais être heu-
» reuse ! Il est si doux de calmer les
» inquiétudes de ce qu'on aime , que
» je suis impatiente de lui avouer nos
» innocentes ruses ! »

C'est ainsi qu'un malheureux se re-
pose avec sécurité sur l'abîme qui va
l'engloutir. Une surface trompeuse
éloigne la crainte , il rêve encore le
bonheur lorsqu'il ne peut plus en exister pour lui.

Pendant qu'Elisa donnait ses ordres , qu'elle disposait tout pour une

soirée si ardemment désirée , j'étais
sur le seuil de la porte d'entrée de notre maison, et, dévoré de la plus vive
inquiétude , j'aurais donné tout ce
que je possédais au monde pour voir
le marquis de retour. Que je me repen-
tais alors de m'être défié de la bonté
de son cœur !

Je vois arriver un des ci-devant laquais du marquis ; je lui demande s'il
l'a vu. « Oui, monsieur, me répond-
» il ; Champagne sait où je loge ; il est
» venu ce matin, à la pointe du jour,
» me réveiller, pour venir parler à
» son maître, qui m'a donné une com-
» mission que je remplirai avec exac-
» titude ; vous me rendrez justice. En
» attendant que monsieur revienne ,
» oserais-je vous prier de me donner
» un certificat de la manière que je
» me suis conduit pendant tout le
» temps que j'ai eu l'honneur d'être au
» service de monsieur le marquis? Je

» trouve une bonne place, que je vou-
» drais ne pas manquer. J'ai oublié
» de demander ce certificat à mon an-
» cien maître, je n'y ai pas pensé ce
» matin; et s'il était long-temps ab-
» sent, cela me ferait tort.—Monsieur
» le marquis rentrera pour dîner?—
» Non, monsieur, il ne rentrera pas
» même pour coucher. — Qui vous
» l'a dit?—Personne, cela est facile
» à deviner. Il va faire sans doute un
» voyage de quelques jours, puisque
» Champagne avait un gros porte-
» manteau attaché à la selle de son
» cheval. — Êtes-vous sûr de ce que
» vous dites? — Oh! oui, si sûr que
» cela m'inquiète; et je venais ici pour
» savoir si, en partant, monsieur le
» marquis a dit quand il serait de re-
» tour. Je repasserai demain matin,
» parce qu'alors vous aurez eu de ses
» nouvelles. — De ses nouvelles? qui
» m'en donnera? — Moi. — Expli-

» quez-vous ? —Je ne peux pas m'ex-
» pliquer mieux que je ne le fais. —
» Malheureux ! peux-tu te jouer ainsi
» de mon inquiétude ? — Ne vous fâ-
» chez pas, monsieur.—Dis-moi tout
» ce que tu sais. — Je vous l'ai dit.—
» Non, traître, tu ne me l'as pas
» dit, puisque tu m'assures qu'avant
» demain j'aurai de ses nouvelles.
» — Je puis vous le garantir, puis-
» que ce sera moi qui vous les appor-
» terai. — Qui te les donnera ? — On
» n'a pas besoin de me les donner, je
» les ai déjà.—Remets-les-moi à l'ins-
» tant. — Cela m'est expressément
» défendu. Je ne venais tout-à-l'heure
» que pour mon certificat; mais je re-
» viendrai ce soir, à huit heures pré-
» cises, pour vous porter cette lettre.
» Il m'est bien ordonné de ne pas vous
» la remettre auparavant. »

Il la tira de sa poche pour me la
montrer ; je la lui arrachai des mains.

Il était désespéré ; je le tranquillisai en lui promettant que le marquis n'en saurait rien. Un certificat de bonne conduite, que je lui donnai au nom du marquis de Bellegrade, et deux écus de six livres dont je lui fis présent, l'engagèrent à cesser de me redemander la lettre que je lui avais arrachée. Je me hâtai de le renvoyer. Je craignais qu'Elisa ne le vît, qu'il ne commît quelque indiscrétion en sa présence : les mauvaises nouvelles ne s'apprennent que trop vîte ; il faut en dérober la connaissance à ceux qu'elles intéressent, le plus long temps qu'il est possible. Telle était mon intention en prolongeant l'erreur de la plus tendre amante.

A peine ce domestique était-il sorti de la maison, que la femme du jardinier m'apporta un billet que le marquis lui avait remis pour moi. Il ne contenait que ce peu de mots :

« Je ne dînerai pas avec vous au-
» jourd'hui, mes bons amis ; ainsi ne
» vous tourmentez pas à m'attendre.
» Vous aurez de mes nouvelles avant
» huit heures du soir. »

J'entendis la voix d'Elisa lorsque je
me disposais à lire l'autre lettre. Quelque désir que j'eusse d'être instruit
de ce qu'elle contenait, je la cachai
vîte dans ma poche. Elisa était en-
chantée des petits arrangemens qu'elle
avait faits. Notre habitation, sans
être grande, avait un nombre suffi-
sant de chambres pour loger com-
modément les personnes que nous at-
tendions. La joie de cette tendre amie
contrastait avec l'inquiétude qui,
malgré moi, se peignait sur ma figure.
« Vous allez revoir votre Henriette,
» me disait-elle, et vous êtes triste ? Je
» ne la connais pas, moi, et le plaisir
» de l'embrasser me cause d'avance la
» plus douce émotion. J'ai tant de rai-

9 *

» sons pour l'aimer ! elle va nous ren-
» dre au bonheur. Combien ce pau-
» vre marquis sera honteux de ses
» soupçons ! Il est trop fier pour en
» convenir avec nous, pour avouer
» qu'il n'est pas plus brave que les
» autres, enfin qu'il est jaloux. Si je
» l'étais jamais, m'a-t-il cent fois ré-
» pété, je le cacherais si bien, que
» personne dans l'univers ne pourrait
» s'en douter. Que nous aurions beau
» jeu, si nous voulions le rabaisser
» jusqu'à notre niveau ! Laissons à sa
» belle âme le soin de nous venger
» de l'outrage qu'il nous a fait invo-
» lontairement. Ménageons sa délica-
» tesse ; que notre justification soit
» dans nos procédés ; ils lui prouve-
» ront que nous sommes toujours di-
» gnes, vous de son inaltérable ami-
» tié, et moi d'un amour égal à celui
» que je lui ai tant de fois et si ten-
» drement juré. »

Pauvre Elisa ! ta sécurité me des-
espérait. Pour donner un prétexte à
l'air soucieux qu'elle me reprochait,
je lui montrai le billet que la femme
du jardinier m'avait remis. « Qu'il est
» méchant, dit-elle, de nous quitter
» si souvent ! Ne sait-il pas combien
» nous sommes heureux quand il est
» avec nous, quelle inquiétude nous
» dévore quand il est absent ? Nous
» tremblons toujours que l'on ne
» vienne nous annoncer qu'il lui est
» arrivé quelque malheur ; car c'est
» ainsi que l'on est quand on aime.
» Je lui pardonne son absence au-
» jourd'hui, plutôt que tout autre
» jour. S'il était ici, mon air affairé
» le tourmenterait ; je n'aime pas à
» le voir souffrir, je serais indiscrète.
» Une fois instruit, il voudrait tout
» ordonner, se mêler de tout. Je veux
» lui ménager une surprise et lui mon-
» trer que je suis plus en état qu'il

» ne le croit, de le suppléer dans
» mille détails, dont je me ferais un
» plaisir et dont il veut toujours m'é-
» pargner l'embarras. Je vous défends
» de suivre son exemple. Vous êtes,
» comme lui, d'une telle complai-
» sance, qu'il semble, en vérité, que
» je suis au monde pour y rester les
» bras croisés. Allez vous promener
» au jardin, je veux tout disposer à
» ma fantaisie. Vous jugerez tantôt
» si l'amitié n'est pas aussi attentive
» que l'amour; et je vous permets de
» me gronder si j'ai oublié la moin-
» dre chose. »

Je la saluai en faisant un effort
pour sourire, et j'allai au jardin.
Lorsque je fus seul dans une allée
écartée, et bien certain que personne
ne pouvait me voir, je décachetai en
tremblant la lettre du marquis; elle
était ainsi conçue.

« Lorsque vous recevrez cette let-

» tre , j'aurai mis entre nous deux le
» plus d'intervalle qu'il m'aura été
» possible d'y mettre, et chaque mi-
» nute y ajoutera encore. Il m'était
» impossible de résister plus long-
» temps aux tourmens affreux dont
» mon cœur était dévoré. J'aime plus
» que jamais, que dis-je, aimer ! j'ido-
» lâtre Elisa , et pourtant je la fuis.
» Que n'est-il en ma puissance de l'ou-
» blier de même ! Si elle était coupable
» envers moi, je serais moins à plain-
» dre que je ne le suis. Une juste in-
» dignation succéderait à la douleur
» dont je suis oppressé. Elle ne m'aime
» plus, et c'est vous... Cette idée est
» affreuse , elle m'est insupportable.
» J'ai concentré dans mon âme la plus
» effrénée des passions. Insensé ! je
» me flattais d'en triompher à mon
» gré. Un jour , un jour plus tard ,
» peut-être, elle eût pu me porter aux
» excès les plus funestes. Un éclair de

» raison me luit, j'en profite pour
» me soustraire aux dangers d'un re-
» mords irréparable. Vainement je me
» dis : ils sont innocens ; ma peine en
» est-elle moins affreuse? Je n'ai point
» de reproches à vous faire, mon
» cœur vous absout et mon délire
» vous accuse. L'absence, le temps,
» une démarche décisive, ramèneront
» la paix dans mon âme agitée. Je ne
» serai pas toujours dans l'état où je
» suis. Chevalier, l'orage gronde sou-
» vent, l'éclair sillonne la nue, la
» foudre éclate, mais le ciel reprend
» sa sérénité : tel est le cœur de l'hom-
» me, les passions l'agitent, le boule-
» versent ; mais les passions s'amor-
» tissent, le tumulte des sens s'a-
» paise et la raison reprend son em-
» pire. C'est la loi de la nature ; le
» ciel ne permettra pas que j'en offre
» une funeste exception. Je ferai
» tout ce qu'un faible mortel peut

» faire pour remporter sur lui même
» une grande victoire. De quoi ne
» vient pas à bout le courage armé
» d'une volonté ferme ? Si j'ai pu vo-
» lontairement me résoudre à quitter
» Elisa, lorsqu'elle m'est plus chère
» que ma vie, quel effort désor-
» mais me sera impossible ? J'imiterai
» l'exemple que vous me donniez l'un
» et l'autre ; vous imposiez silence à
» votre amour ; je ferai plus, je triom-
» pherai du mien ; de tous mes cha-
» grins le plus sensible, c'est de pen-
» ser que mon absence vous afflige.
» Je vous ravis le prix du plus beau
» sacrifice ; mais ce sacrifice m'eût-il
» rendu moins malheureux ? Je ne suis
» plus aimé. L'amour une fois éteint,
» ne se rallume plus. Ma félicité s'est
» évanouie. Hélas ! je serai sans doute
» encore un obstacle à la vôtre ; je sais
» vous apprécier. Dans ce moment
» vous êtes plus éloignés de céder à

» votre penchant mutuel, que si j'é-
» tais encore entre vous deux. Vous
» vous reprochez mon infortune. Ah !
» cessez de vous l'imputer. Vos âmes
» sont trop pures pour se souiller
» d'une perfidie. Mon ami, je vous
» confie le bonheur d'Elisa. Je ne
» veux pas qu'un autre que vous
» veille sur sa destinée. Ce n'est point
» par oubli que j'ai laissé ma cassette
» dans mon cabinet. Lorsqu'Elisa con-
» sentit à me suivre, je m'engageai,
» par un écrit solennel, à rendre son
» sort indépendant; j'acquitte la dette
» de l'honneur. Si ma prière a sur
» vous quelque pouvoir, restez à votre
» petite maison de Royat. Vous igno-
» rez où je vais ; mais je veux savoir
» où vous êtes. Un temps viendra où
» je correspondrai avec vous. Je ne
» renonce pas à votre amitié, elle fera
» encore le charme de ma vie. Bien-
» tôt, oui, bientôt vous me connaîtrez

» mieux que vous ne l'avez fait jus-
» qu'à ce jour, et vous verrez ce qu'un
» cœur tel que le mien est capable
» d'exécuter. »

Je n'aurais pas hésité un moment à
voler sur les traces du marquis, si
j'eusse été instruit de la route qu'il
avait prise. J'eusse alors tout confié
à Elisa; mais l'incertitude dans laquelle j'étais, ne me permettait pas de
la laisser seule en proie à son inquiétude. J'ordonnai à Stamati de monter
à l'instant à cheval, de prendre des
informations aux barrières de la ville
où l'on avait l'habitude de voir passer
mon oncle chaque jour. « Dès que
» vous aurez, dis-je à mon valet de
» chambre, des renseignemens cer-
» tains sur la route que le marquis a
» suivie, vous irez ventre à terre jus-
» qu'à la première poste. Vous y laisse-
» rez votre cheval; courez alors à franc
» étrier, jusqu'à ce que vous l'ayez

» atteint. Si les chevaux que Cham-
» pagne et lui montent sont excel-
» lens, il faudra néanmoins qu'on
» les laisse se reposer pendant quel-
» ques heures. Si le marquis a pris le
» parti que je vous conseille de pren-
» dre, ne ralentissez pas votre course
» à cause de cela; vous n'en aurez
» pas moins l'espoir de le rejoindre. Il
» ne s'est pas couché la nuit der-
» nière; malgré lui le besoin du som-
» meil le forcera de passer celle-ci
» dans une auberge. »

Pendant que Stamati faisait ses
préparatifs de départ, je traçai à
la hâte une lettre très-courte pour
mon oncle. Si j'étais assez heureux
pour qu'elle lui fût promptement remise, je ne doutais pas qu'elle ne
suffît pour l'engager à rebrousser
chemin.

Je vis partir avec joie mon valet

de chambre ; je me flattai qu'il serait bientôt de retour avec le marquis. Cette espérance ramena le calme
dans mon cœur.

~~~~~~

CHAPITRE XII.

Plaisirs et peines.

ELISA, impatiente de voir Henriette, croyait en accélérer le moment en hâtant celui de notre dîner. Elle eut un instant l'envie de faire mettre des chevaux de poste à la berline pour m'accompagner. Il me fut facile de la dissuader de ce projet ; le marquis pouvait revenir pendant notre absence. « Hélas ! dit-elle en me voyant » monter à cheval, je vais donc res- » ter seule, tout le monde part ! que » les heures vont me paraître longues » jusqu'à votre retour ! Le marquis est » bien cruel de m'abandonner si sou- » vent. Il ne m'aime pas comme je » l'aime. — Ne doutez pas de son » amour, il est extrême. Que le ta-

» bleau de la scène d'hier au soir
» reste toujours présent à votre mé-
» moire ! C'est pour nous cacher des
» chagrins dont il rougit d'avouer la
» cause, qu'il s'éloigne de nous. Il
» souffre, plaignons-le ; mais je con-
» nais son cœur maintenant, bien
» mieux que je ne l'ai connu jusqu'à
» ce jour. Ne le jugez pas sur les ap-
» parences ; son âme toute entière
» n'est occupée que de vous ; il ne
» peut être heureux que par vous.
» Pénétrez-vous bien de cette idée,
» et quelque longues à l'avenir que
» soient ses absences, dites - vous à
» vous-même, avec confiance, pour
» apprendre à les supporter : il est
» loin de moi, mais il m'aime ; je le
» verrai revenir toujours plus amou-
» reux. »

Elle me tendit la main, sourit et
me dit adieu. « Adieu, pas pour long-
» temps, ajouta-t-elle. Sans vous, qui

» me consolez toujours, je serais
» trop malheureuse. Je suis si faible,
» privée de votre appui! »

Je me rendis d'abord à l'auberge
de la poste, pour savoir si mes amis
n'étaient pas arrivés. Il eût été possible qu'ils le fussent. De là je pris
le chemin de la montagne. A une
demi-lieue de la ville, je rencontrai
Stamati. Son air triste, avant de l'interroger, m'apprit que ses recherches
avaient été infructueuses. « Le mar-
» quis, me dit il, est sorti de Cler-
» mont par cette route ; les commis
» de la barrière me l'ont assuré : plu-
» sieurs autres personnes que j'ai in-
» terrogées, me l'ont si bien dépeint,
» que je me réjouissais d'être sur ses
» traces. Plus on avance, moins on
» trouve de monde. Les voyageurs,
» en petit nombre, que j'ai rencon-
» trés, n'ont pu me donner aucun
» éclaircissement sur ce que je leur

» demandais. J'ai poussé jusqu'à Pont-
» gibaud ; il n'a point paru dans cette
» ville. Il est certainement revenu sur
» ses pas, ou il voyage par la traverse.
» Il s'est douté que vous feriez des
» démarches pour l'atteindre, il a pris
» ses précautions pour vous échap-
» per. »

J'enjoignis à Stamati de retourner
à la maison, et de garder le silence
sur l'objet de son voyage. « Je ferai
» croire à madame, me répondit-il,
» si elle m'interroge, que vous m'a-
» viez accordé la permission d'aller
» voir un de mes amis qui demeure à
» la campagne. »

La douleur qu'allait ressentir Elisa
de ne pas voir rentrer le marquis,
m'effrayait pour elle ; le violent chagrin que me causait la fuite de cet
oncle adoré, déchirait mon cœur.
C'est lorsque l'on est malheureux,
que l'on éprouve le besoin d'épancher

ses peines dans le sein de l'amitié. Je
rendis grâces au ciel de ce qu'il ame-
nait à Clermont, dans cette circonstance, les personnes que j'attendais.
Je tremblais que quelqu'accident im-
prévu n'eût mis obstacle à leur départ. Le désir de les apercevoir de
loin me dévorait ; et mon œil, par les
détours de la route, ne pouvait parcourir qu'un espace borné. Il fallait
aller lentement, la côte était trop
rude pour que mon cheval pût secon-
der mon impatience. J'arrivai enfin à
une longue plaine, aux pieds du Puy-
de-Dôme. Mon œil pouvait se plon-
ger à deux lieues dans l'éloignement.
Aucun arbre, aucune monticule ne
dérobait les objets à ma vue. Un tour-
billon de poussière que le vent rabattit
un instant, me laissa entrevoir une
voiture attelée de plusieurs chevaux ;
elle allait grand train, elle n'était
qu'à un quart de lieue de moi. Je
montais

montais un excellent coursier, je lui
fis sentir l'éperon, il partit ventre à
terre. Au bout de quelques minutes
je reconnus Henriette, Marianne,
madame Duloir et le Prieur. Ils voya-
geaient dans une calèche découverte. Je fus heureux un instant,
heureux de tout le bonheur dont un
mortel puisse jouir. Je fis signe aux
postillons d'arrêter. Sauter au bas de
mon cheval, être dans les bras de mes
amis, fut l'affaire d'une seconde. Je
les regardais alternativement, je bai-
sais leurs mains, les pressais sur mon
cœur : je ne pouvais parler ; trop de
sentimens opposés m'oppressaient à
la fois. « Calmez-vous , calmez-vous,
» enfant que vous êtes ! me dit ma-
» dame Duloir ; voulez-vous mourir
» d'un transport de joie ? — Ah ! ma-
» dame, lui répondis-je, l'excès de
» la félicité et de l'infortune m'acca-
» blent. Je vous retrouve, et je l'ai

II.   10

» perdu cet ami si tendre, cet oncle
» qui m'est si cher ! — Grand dieu !
» il est mort ? — Non, madame, il
» me fuit, il fuit la malheureuse Elisa.
» Tenez, lisez la lettre qu'il m'écrit.
» —Quel mal vous m'avez fait ! puis-
» qu'il écrit, je respire. »

Elle lut la lettre à haute voix. « Re-
» montez à cheval, me dit-elle ; nous
» nous arrêterons à la petite auberge
» au haut de la côte, pour nous con-
» certer sur le parti que nous avons à
» prendre avec cette pauvre Elisa.
» Quand un malheur est arrivé, les
» sots s'en désespèrent ; les gens d'es-
» prit ne songent qu'aux moyens de
» sortir d'une situation fâcheuse, et
» ils en trouvent. Déjà ma tête fer-
» mente ; mille idées se présentent à
» mon imagination ; laissez-moi ré-
» fléchir. Cette aventure est contra-
» riante, elle offre des difficultés à
» vaincre ; hé bien, tant mieux ! les

» obstacles doublent le plaisir du suc-
» cès. Croyez-moi, mes amis, le bon-
» heur qu'on obtient avec peine, en
» a bien plus de charmes. Partons. »

Je lui obéis, je courus à côté de la
voiture. Henriette et Marianne étaient
placées sur le devant, je jouissais du
plaisir de les voir. Henriette ne me
perdait pas de vue ; ses regards semblaient me dire : « Vous êtes mal-
» héureux, je vous en aime davan-
» tage. » Je vis le sourire sur ses lèvres, il provoquait le mien ; je répondis à ce doux appel.

Quand nous fûmes arrivés à la petite auberge, que l'on appelle *la Ba-
raque* dans le pays, madame Duloir,
pour que les postillons, toujours
pressés d'arriver, ne s'impatientas-
sent pas de cette nouvelle station,
leur fit donner à boire. Nous eussions
pu compter alors sur une complaisance très-longue de leur part. « Mes

» amis , nous dit cette charmante
» femme, dès que personne ne fut à
» portée de nous entendre , tenons
» conseil; je vais vous communiquer
» le résultat de mes réflexions. Cette
» bonne Elisa est bien à plaindre dans
» ce moment, elle est séparée de ce
» qu'elle aime. Le marquis m'inté-
» resse autant qu'elle. Leur bonheur
» réciproque tient à un mot; mais ce
» mot, il faut pouvoir le dire. Ce cruel
» marquis , par l'exaltation de ses
» sentimens héroïques , exaltation
» qu'il se dissimule en vain à lui-
» même, nous met dans l'embarras le
» plus grand. Insensé , lui dirais-je,
» si je pouvais l'aller trouver, vous
» vous croyez assez fort pour renon-
» cer à celle que vous aimez; interro-
» gez votre cœur, il dément vos dé-
» marches : vous fuyez, mais vous
» souhaitez que l'on coure après
» vous. Cependant, vous agissez d'une

» manière opposée à vos désirs : votre
» cœur est la dupe de votre esprit.
» Revenez, on vous pardonne votre
» fuite ; on en connaît le motif, il
» vous honore. Revenez repentant de
» votre erreur, heureux d'en être
» convaincu, toujours plus aimé et
» plus amoureux encore s'il est pos-
» sible. Voilà le langage que je lui
» tiendrais. Croyez-vous qu'il se ferait
» prier pour me suivre ? Non, il ac-
» courrait à ma voix ; et j'obtiendrais
» des droits à sa reconnaissance. Hé
» bien, mon cher Philippe, ce rôle
» que je voudrais remplir, doit de-
» venir le vôtre. Où prendre le mar-
» quis, m'allez-vous dire ? Je n'en sais
» rien encore ; nous le saurons dans
» peu. Un homme tel que lui, quel-
» que part qu'il aille, n'y peut être
» inconnu. Nous prendrons tant d'in-
» formations, que vous serez bientôt
» sur ses traces. Il vous croit son ri-

» val ; le doute de son malheur est
» encore dans son âme, votre pré-
» sence anéantira ses soupçons. Vous
» n'aurez pas besoin, j'ose vous en
» répondre, d'entrer avec lui en ex-
» plication. Il hâtera son retour, il
» sera alors dans notre dépendance.
» Il devra des réparations à la plus
» tendre amante, à l'ami le plus at-
» tentif, au neveu le plus délicat ; il
» sera à notre merci ; nous serons gé-
» néreux, il voudra l'être plus que
» nous ; je ne suis pas en peine du dé-
» nouement de cette aventure ; il est
» fondé sur la marche du cœur hu-
» main, il est facile à deviner. — Si
» j'ai bien compris votre projet, vous
» désirez que je m'éloigne d'Elisa ?—
» Cela est indispensable. — L'aban-
» donner seule à sa douleur ! — Au-
» rais-je cette barbarie ? Je vous rem-
» placerai auprès d'elle, je ne la quit-
» terai point. Les malheureux s'atta-

» chent à ceux qui leur montrent de
» la compassion, qui partagent leurs
» peines, qui les consolent ; j'ose af-
» firmer qu'elle m'aimera. On sup-
» porte l'absence d'un ami ; j'ajoute
» qu'elle vous saura gré de la vôtre.
» Ce sera pour lui rendre son époux,
» que vous vous éloignerez d'elle.
» Quel autre mieux que vous peut
» se charger de ce soin ? D'ailleurs,
» tout vous engage à prendre un
» parti décisif. Votre séjour dans la
» même maison qu'Elisa, en l'absence
» du marquis, donnerait lieu aux in-
» terprétations dangereuses de la ca-
» lomnie. Qui vous garantit que vo-
» tre oncle ne fait pas observer vos
» démarches ? S'il vous sait absent,
» il reviendra peut-être de lui-même.
» C'est au moins un moyen de lui
» prouver votre innocence. D'autres
» intérêts, qui doivent vous être éga-
» lement chers, vous font une loi d'un

» prompt départ. Le père d'Henriette
» doit-il vous trouver auprès de sa
» fille? Est-il temps de lui faire confi-
» dence de vos amours ? Quels titres
» avez-vous pour l'intéresser à votre
» sort ? C'est sous votre nom véritable
» que vous devez vous offrir à ses yeux.
» Nous ne connaissons pas encore
» assez ce M. de Beuzeville, pour sa-
» voir comment il faut en agir avec
» lui. Il a des projets d'établissement
» pour Henriette. Avant de réclamer
» de sa justice la préférence que mé-
» rite l'amant aimé, il faut que cet
» amant soit digne, par sa naissance
» et par sa fortune, d'aspirer à la main
» d'une héritière opulente. M. de
» Beuzeville l'accorderait-il à un or-
» phelin dont les droits ne sont pas
» encore assurés ? il y aurait de l'in-
» discrétion à le proposer. Un temps
» assez long peut s'écouler avant
» que vous parveniez au but de vos

» désirs ; mais la fermeté du carac-
» tère d'Henriette doit calmer vos inquiétudes. Elle sera à vous, ou elle
» ne sera jamais à personne : ainsi ,
» partez sans crainte. Vous parle-
» rai-je de votre mère , pour vaincre
» vos irrésolutions , s'il vous était
» possible d'en avoir? Elle existe peut-
» être encore, cette intéressante Maria ; ne devez-vous pas chercher à
» découvrir sa retraite ? Ce vœu est
» dans votre âme; ce serait vous faire
» injure que d'en douter. Il faut songer d'abord à ce qui presse le plus.
» Hâtons-nous d'arriver à Clermont.
» Présentez-nous à Elisa.—Elle vous
» attend ; c'est chez elle que vous al-
» lez descendre. Elle désire que votre arrivée précède celle du mar-
» quis, qu'elle croit avoir été dîner
» à la campagne, et dont elle n'attend
» pas le retour avant la nuit. Les appartemens qu'elle vous destine sont

10 *

» préparés ; enfin, je suis venu au-de-
» vant de vous de sa part, pour
» vous prier d'accepter l'hospitalité
» qu'elle vous offre. — Je l'eusse re-
» fusée dans toute autre occasion,
» j'eusse craint d'être importune ; mais
» dans ce moment je me rends avec
» plaisir à cette invitation si favora-
» ble à l'exécution des projets que je
» forme. Ecoutez-moi ; cela est très-
» important. Elisa va se livrer à l'in-
» quiétude la plus vive , quand elle
» verra les heures s'écouler sans que
» le marquis reparaisse ; son imagina-
» tion alarmée ira au delà de ce qui
» est. Sans ajouter à ses craintes, nous
» ne chercherons point d'abord à les
» dissiper. Nous la plaindrons , nous
» nous affligerons avec elle. Elle se
» croira malheureuse , sans espoir de
» retour ; c'est alors que nous ferons
» entrer la consolation dans son âme ;
» c'est alors que nous lui dirons que

» le marquis existe encore. Elle lira la
» lettre qu'il vous a écrite ; elle verra
» qu'elle règne toujours dans son
» cœur ; elle passera de l'excès de l'in-
» fortune à l'espoir d'un bonheur
» prochain ; elle vous suppliera de
» l'accélérer ; elle vous payera par
» une reconnaissance sans bornes
» du sacrifice que vous lui ferez en
» vous éloignant d'Henriette. Pour
» que sa situation devienne supporta-
» ble, séparée de celui sans lequel
» elle ne peut vivre, nous allons
» laisser faire à son imagination,
» pendant quelques instans, les sup-
» positions les plus alarmantes. L'ex-
» périence du monde apprend à s'y
» conduire. Je juge du cœur des au-
» tres par le mien. Permettez-moi la
» courte citation d'une aventure qui
» me fut personnelle. J'ai un frère que
» j'ai toujours tendrement chéri ; il
» eut, il y a quelques années, une

» affaire d'honneur, dont j'étais ins-
» truite. Il fallait qu'il se mesurât avec
» un injuste agresseur. L'offense avait
» été publique ; il m'était impossible
» de m'opposer à un combat dont
» l'issue pouvait lui être funeste. Je
» le vis avec effroi prendre ses armes
» et sortir de la maison. Il était calme,
» et je tremblais. Une heure après,
» son domestique revient pâle et dé-
» sespéré ; il croyait que son maître
» n'existait plus. Je dus le croire. Ma
» douleur fut au comble. J'accourus
» au lieu du combat, mon frère res-
» pirait encore ; ma joie fut extrême ;
» il vivait, au moins, il pouvait
» m'être rendu. Mieux informée de
» la vérité, avant de venir auprès
» de lui, la crainte de le perdre eût
» absorbé toute mon attention, toutes
» mes facultés morales ; ses yeux s'é-
» taient rouverts, il m'avait recon-
» nue ; ma manière d'envisager sa si-

» tuation n'était plus la même, j'é-
» tais moins à plaindre que je n'a-
» vais cru l'être. Le danger où était
» ce tendre frère, ne m'ôtait pas
» l'espérance, et l'espérance adoucit
» la douleur. Quand on croit tout
» perdu, l'âme reçoit avidement la
» consolation d'un moins triste ave-
» nir. Mes amis, il faut traiter les
» peines du cœur avec autant d'art
» qu'un médecin habile traite les
» maux du corps. Une forte secousse
» prépare l'effet des remèdes plus
» doux, que l'on sait ensuite appli-
» quer à propos. »

Nous applaudîmes au plan de conduite que madame Duloir venait de
tracer. Nous lui promîmes de la se-
conder dans ses discours et dans ses
actions. Avant que mes amis remon-
tassent en voiture, je serrai le bon
Prieur dans mes bras. « Nous ne nous
» quitterons pas, lui dis-je ; votre

» chambre est préparée à côté de la
» mienne. — Vous n'aviez pas besoin
» de me le dire , me répondit-il en
» souriant. Si vous ne m'aviez pas in-
» vité, je me serais invité moi-même,
» et vous ne m'auriez pas chassé. »

Je donnai la main à Henriette et à
madame Duloir pour reprendre leurs
places dans la calèche. Marianne
était rentrée à l'auberge pour payer
la dépense que les postillons avaient
faite : je courus à elle. « Savez-vous,
» me dit-elle, dans le court trajet que
» nous fîmes tête à tête , que made-
» moiselle Henriette a remarqué que
» vous étiez changé à votre avan-
» tage?—Ma chère Marianne, lui ré-
» pondis-je, le métier d'homme riche
» est facile à apprendre , on ne se
» souvient pas alors de ce que l'on
» fut ; j'espère cependant ne jamais
» oublier ma pauvreté, dans les pre-
» mières années de ma vie ; je me

» rappellerai que je ne possédais rien
» lorsqu'Henriette daigna s'intéresser
» à mon sort. Pourquoi est-elle la
» fille d'un homme oppulent ? En la
» voyant plus belle que jamais, je
» tremble d'avoir des rivaux que son
» père pourra me préférer. Je deviens
» ambitieux par amour. Si je désire
» avoir un grand nom et des biens
» considérables, c'est pour être digne
» d'aspirer à la main de votre amie.
» —Son cœur vous a choisi, elle sera
» à vous quels que puissent être les
» projets de son père. Elle en a fait
» le serment, elle y sera fidèle ; je
» ne la trahis point en vous confiant
» son secret. »

Il fallut enrayer pour descendre la
côte ; nous pûmes causer. On m'apprit que Dumontel arriverait le lendemain avec M. du Bazané ; que ce
dernier, de plus en plus épris de Marianne, avait prétexté, pour la sui-

vre, que des affaires indispensables
l'appelaient à Clermont, où il n'en
avait pourtant d'aucune espèce. Marianne rougit lorsque l'on prononça
le nom du bon campagnard. Je devi-
nai qu'il ne lui était pas indifférent.
On ajouta qu'il avait manifesté le désir le plus grand de me revoir. Je le
souhaitais à mon tour. Je pensais souvent que j'avais une restitution à lui
faire, et que je devais aussi des aveux
à ce bon Prieur, que je gémissais d'a-
voir trompé.

La nuit commençait à tomber
quand nous arrivâmes à Royat. Je
précédais alors la voiture. Elisa, ac-
compagnée de Stamati, était sur la
route; j'en avertis mes amis. Ils mi-
rent pied à terre. Elisa accourut; je
lui avais si bien dépeint mon Henriette, qu'elle la reconnut au premier abord. « Je vous vois donc enfin,
» lui dit-elle ; quelle reconnaissance

» je vais vous devoir ! Votre arrivée,
» que je désirais si ardemment, va me
» rendre au bonheur. Le marquis ne
» sera plus jaloux de Philippe ; car
» je ne lui donnerai plus désormais
» d'autre nom. Le marquis, à votre
» aspect, aimable Henriette, sentira
» que celui qui vous aime une fois,
» ne peut pas vous donner de rivale.
» N'est-il pas vrai, ajouta-t-elle en
» adressant la parole à madame Du-
» loir, n'est-il pas vrai que cela est
» impossible ? —Si j'étais homme, et
» qu'il fallût choisir entre vous deux,
» mon embarras serait extrême ; je
» resterais fidèle à celle que j'aurais
» vue la première. — L'amitié n'est
» pas exclusive comme l'amour, ma-
» dame, et j'ambitionne une part à
» peu près égale dans la vôtre, à
» celle que vous accordez à cette char-
» mante personne. Je ne puis avoir
» de l'amour que pour un seul hom-

» me ; mais je veux être chère aux
» amis de Philippe. M. le Prieur, je
» veux que vous m'aimiez beaucoup
» aussi. Cette bonne Marianne dan-
» sera encore une fois, devant nous,
» la montagnarde avec le beau gar-
» çon. Il n'a point eu de secrets pour
» moi, je n'en ai point eu pour lui,
» je lui ai permis de vous les con-
» fier. Je veux fêter cette réunion de
» cœurs aimans et bons. Puisque
» nous nous convenons si bien, ban-
» nissons tout cérémonial. Venez
» prendre possession de vos cellules.
» Je n'ai point un palais à vous of-
» frir ; ce n'est pas là que se réunis-
» sent les vrais amis. Vous serez pres-
» que sous le chaume ; ce toit simple
» et hospitalier sera l'asile du bon-
» heur. Encore quelques momens, et
» je pourrai vous présenter celui qui
» manque encore pour compléter
» le tableau. Que de choses à lui ap-

» prendre ! Je jouis par avance de
» la surprise agréable que je vais lui
» causer. Depuis que Philippe m'a
» laissée seule, j'ai arrangé dans ma
» tête le plan des discours que je
» dois tenir au marquis à son arrivée.
» Je ne dirai peut-être rien de ce que
» j'ai préparé ; mais si je m'embar-
» rasse dans mes périodes , je compte
» sur l'éloquence de M. le Prieur
» pour venir à mon secours. »

Tout en nous parlant , elle nous
avait conduit dans la salle à manger.
« Huit couverts ! dit-elle ; il y en a un
» de trop. Je comptais sur M. Du-
» montel. Je ne l'aime pas, celui-là,
» je l'aurais pourtant accueilli, parce
» qu'enfin il a le bonheur d'être l'on-
» cle d'Henriette ; j'aurais fait des
» cérémonies avec lui, c'est l'usage.
» Quand le cœur ne dit rien, la poli-
» tesse vient à notre secours. Là, au
» milieu, je place le marquis. Il aime

» les jolies femmes ; à gauche, il aura
» madame Duloir, à droite Henriette,
» puis Philippe, puis moi, puis M.
» le Prieur, puis Marianne. Que di-
» tes-vous de mes petits arrangemens?
» Une maîtresse de maison assortit-
» elle mieux des joueurs et des joueu-
» ses à une table, que je n'assortis mes
» convives ? »

Si près d'être malheureuse, sa
gaîté nous consternait. Aucun de
nous n'osait l'inquiéter. Elle savait
que le marquis était exact à tenir
toutes les paroles qu'il donnait. Elle
ne doutait point qu'il n'arrivât à huit
heures précises. Cette heure sonna ;
madame Duloir, pour mettre un
terme au silence que nous gardions
depuis quelques minutes, dit qu'elle
gronderait le marquis, à son retour,
de s'être fait ainsi attendre ; que les
voyageurs ont bon appétit. Au bout
d'une demi-heure d'attente, qui pa-

rut un siècle à Elisa, elle fit servir;
personne ne put manger. Notre air
contraint ajouta à son inquiétude.
Enfin nous sortîmes de table, nous
passâmes au salon. Elisa, l'œil attaché
sur la pendule, immobile et trem-
blante, ne se mêlait point à la conversation. Elle était attentive au
moindre bruit qu'elle entendait. Une
heure s'écoula encore dans cette
cruelle situation. Ses alarmes allaient toujours croissant. Elle me
regarde fixement, je me déconcerte.
« Philippe, me dit-elle, vous me tai-
» sez un secret ! » Je me sens incapable de la tromper; je baisse les
yeux. « Le marquis, ajouta-t-elle, a
» eu une affaire d'honneur ; il est
» mort, sans doute. »

Madame Duloir me fit signe de me
taire. « Malheureuse ! s'écria Elisa,
» en promenant autour d'elle ses re-
» gards égarés. » Elle lisait dans les

nôtres le sentiment pénible dont nous étions affectés ; elle crut y voir la certitude de son malheur ; son émotion fut au comble. Elle chancela, elle fut secourue à temps, elle perdit connaissance. « Hélas ! qu'avez-vous fait? » dis-je tout bas à madame Duloir. » — Souvenez-vous, me répondit- » elle, de ce que je vous ai dit à l'au- » berge où nous nous sommes arrê- » tés. Cette indisposition passagère » n'aura pas de suite, tranquillisez- » vous. Déjà elle rouvre les yeux ; » laissez-moi parler seule ; je connais » mieux que vous le cœur des fem- » mes. »

Madame Duloir était assise auprès d'Elisa. « Hélas ! lui dit cette infortu- » née, il n'est donc plus d'espérance ! » je dois donc renoncer à le revoir ! » —Rassurez vous, le marquis existe; » il ne lui est arrivé aucun accident. » Philippe a reçu une lettre de lui ;

» il n'a point osé vous en faire part
» avant notre arrivée. Il comptait sur
» nous pour vous offrir des consola-
» tions —Je vous entends, madame;
» le marquis a cessé de m'aimer; un
» autre amour remplit son cœur; je
» ne survivrai point à son infidélité.
» —Je vois qu'il faut tout vous dire;
» vous régnez toujours sur son cœur.
» — S'il m'aime, que puis-je avoir
» à redouter? — Il est bien malheu-
» reux ce pauvre marquis; lisez ce
» qu'il écrit à Philippe. »

La lecture de cette lettre que je lui
remis, fit couler ses larmes. Ce n'é-
tait plus par la douleur, mais par l'é-
motion la plus vive, que son cœur
était agité. L'espérance d'un bonheur
futur ramena par degrés la sérénité sur
son front. Elle voulut être instruite
des moindres détails du départ du
marquis. Tout lui prouvait combien
elle en était chérie, et cette idée con-

şolante adoucissait le chagrin d'une absence cruelle. Madame Duloir lui fit part de nos projets. « C'est donc
» de vous, me dit-elle, que j'attends
» mon bonheur ! — Je ne tromperai
» pas votre espoir, lui répondis-je,
» je ramenerai à vos pieds cet amant
» qu'un excès de délicatesse entraîne
» loin de vous. Il vous sera bientôt
» rendu, et des nœuds indissolubles
» uniront votre destinée à la sienne. »

Il fut résolu que Stamati monterait à cheval le lendemain matin, à la pointe du jour, pour chercher à découvrir quelle était la route que le marquis avait prise. Je promis de partir dès que l'on saurait de quel côté je devais diriger mes pas. Nous ne doutions point du succès de mes démarches. Elisa était rassurée; j'étais bien plus à plaindre qu'elle, j'allais m'éloigner de celle que j'aimais, je ne la reverrais point à mon retour;

j'ignorais

j'ignorais dans quel lieu son père allait la conduire ; j'en serais informé
sans doute, mais cela suffisait-il pour
calmer mes alarmes ? M. de Beuzeville, dont nous lûmes les lettres,
s'annonçait comme un homme d'une
probité sévère, d'un caractère inflexible. Son langage contrastait avec
la conduite qu'il avait tenue dans sa
jeunesse ; on en connaissait quelques
particularités, elles n'étaient point à
son avantage. « C'est un pécheur con-
» verti, disait souvent madame Du-
» loir, ou c'est le plus fourbe des
» hommes. » Il ne cessait, en écri-
vant, de parler du bonheur futur
qu'il voulait procurer à sa fille ; son
intention était de s'en charger seul,
et il laissait pressentir qu'il avait fait
pour elle un choix irrévocable. J'étais
désespéré. Henriette me rassurait,
Marianne et le Prieur me consolaient;
Elisa pleurait avec moi, et madame

II. 11

Duloir, toujours romanesque, aimant
les aventures, les contrariétés, les
choses difficiles, arrangeait dans sa
tête une série d'événemens possibles
à la vérité, mais dont l'issue pouvait
tromper mes espérances. Ah ! si nous
eussions su ce qu'était cet équivoque
M. de Beuzeville, nous aurions cessé
de le craindre en lui rompant en vi-
sière.

Le lecteur peut désirer de connaître à fond ce personnage ; rien ne
m'empêche de satisfaire sa curiosité
avant d'aller plus loin, car je dispose
à mon gré des matériaux de cette
histoire. Si celle de Dumontel l'aîné,
dont le changement de nom avait de
puissans motifs, interrompt le cours
de ma narration, elle devait toujours
en faire partie. Elle n'y est pas absolument étrangère ; et puisque mon
intention était de la faire entrer dans
ces mémoires, j'ai pensé qu'elle se-

rait mieux placée à cette époque, où l'action principale est dans une espèce de repos, que d'interrompre pour elle le récit d'événemens plus rapides, ou de parler de cet être secondaire lorsqu'on n'aurait plus aucun intérêt à s'occuper de lui.

FIN DU TOME II.

Père (le) d'occasion , vaud. en un act. de Pain et
    Vieillard.   1 l. 5 s.

Petite (la) Cendrillon , ou la Chatte merveilleuse ,
    vaud. en 1 act. de Désaugiers et Gentil. 1 l. 5 s.

Petite (la) Guerre, ou l'Officier Prothé , vaud. en
    1 act. de Désaugiers.   1 l. 5 s.

Petit (le) Candide , vaud. en 1 act. de Chazet et
    Sewrin.   1 l. 5 s.

Quelle mauvaise tête , ou Ste - Foix braconnier ,
    vaud. en 1 act. de Martainville.   1 l. 5 s.

Ruines (les) de Babylonne , drame en 3 actes, de
    Pixerécourt.   1 l.

Rentes (les) Viagères , vaud. en 1 act. par Mar-
    tainville.   1 l. 5 s.

Reine (la) de Persépolis, pantom. en 3 act. avec un
    prologue, de Hapdé.   1 l.

Rose rouge et Rose blanche , opéra en 3 act. de Pi-
    xerécourt.   1 l. 10 s.

Soubacoff, ou la révolte des Cosaques, pantomime,
    de Frédéric.   1 l.

Suceptible , comédie en un acte , de Picard.   1 l.

Servante (la) de qualité , drame en 3 act. de Pelle-
    tier-Volmerange.   1 l.

Sabotiers, (les) Béarnais , vaud. en un act. de M.
    Moreau.   1 l. 5 s.

Trois Moulins (les) , vaud. en 1 act. par MM. Du-
    bois et Pixerécourt.   1 l. 5 s.

Siège du Clocher, comédie en 3 act. de Bernos. 1 l.

Tête rouge , pantomime en 3 actes.   1 l.

Tapin, deuxième édition, avec un nouveau dénoue-
    ment , par Martainville.   1 l.

Vieux fat, (le) coméd. en 5 act. en vers, avec un
    prologue, par M. Audrieux.   3 l.

Valet (le) sans maître , vaud. en 1 act. de MM.
    Armand Gouffé et Villier.   1 l. 5 s.

Vieillesse de Piron, vaudeville en un acte, de MM.
    Bouilly et Pain.   1 l. 5 s.